夜宿乌镇

钟桂松 著

中原出版传媒集团
中原传媒股份公司

海燕出版社

图书在版编目（CIP）数据

夜宿乌镇／钟桂松著. — 郑州：海燕出版社，2019.1
ISBN 978-7-5350-7691-5

I.①夜… II.①钟… III.①散文集－中国－当代 IV.①I267

中国版本图书馆CIP数据核字（2018）第204096号

出 版 人　黄天奇
责任编辑　刘学武
责任校对　李培勇
责任发行　贾伍民
责任印制　邢宏洲
书籍设计　韩　青

出版发行：海燕出版社
　　　　　（郑州市北林路16号　邮政编码450008）
发行热线：0371-65734522　65727231
经　　销：全国新华书店
印　　刷：河南瑞之光印刷股份有限公司
开　　本：16开(710毫米×1010毫米)
印　　张：11.5印张
字　　数：180千字
版　　次：2019年1月第1版
印　　次：2019年1月第1次印刷
定　　价：36.00元

CONTENTS
| 目 录 |

01 夜宿乌镇

02 时间的记忆

01

夜宿乌镇

飞往台湾

　　1997 年 8 月，我随广电访问团去台湾访问。海峡两岸电视界同仁共同探讨 21 世纪电视发展趋势，共襄 21 世纪广电发展大业。

　　这不是客套话，是在飞往台湾过程中，我们切身感受到了的。8 月 5 日那天一清早，广州某宾馆前面的公园里，早锻炼的人们陆续起来，开始享受这晨练好时光。我们访问团一行匆忙提包拎箱地走出宾馆。夏末的广州，老早天就大亮了，但太阳还未出来，所以清晨还比较凉爽。昨夜的暑气已经散去。走出宾馆大门，一股宜人的清新空气扑面而来。我们上了大巴，直驶火车站，赶乘去香港的直通车。

　　办妥一切手续后，我们登上去香港的直通车。火车是平稳的，行驶起来也十分畅快。两个多小时后，我们到达香港。但是，下车办入境手续等，却费了几十分钟。一行人又拖泥带水地走了好远一段路，旅行社终于把我们一行人装进大巴后，又前往办理有关入台证件的地方。在那里一待又是一个多小时。办妥入台证，我们就马不停蹄地往启德机场赶，在那里办好行李托运手续，已是下午 1 点半了。此时，大家才想起还没有吃午饭，肚子已经在抗议了。

　　下午 3 时许，我们终于登上去台湾的飞机。一片碧海，在机翼下无边无际，零星小岛，像散落在翠盘上似的。白云飘浮在机边，缓缓向后移去。这时，我发现邻座的一个老人戴着帽子，穿着已经不多见的中山装，独自在喝着空中小姐送来的咖啡。起先，我以为是大陆老人去台湾探亲，后来发现他很会喝咖啡，一杯接一杯，又猜想他是从台湾去大陆探亲的，一打听，果然。他告诉我，他是一个老兵，当年八一三抗战中，他死里逃生，还曾去过东北。我插了一句："你去过东北？"他立即告诉我，他是当年东北 ×× 师的。我点点头，问："你是哪里人？"

"云南大理。"他答。

"是不是经常回去？"我问。

"隔一年或两年回去。"

"到台湾后第一次回大陆是哪一年？"

这时，老人脸上有些凄苦表情，他没有回答我是哪一年，却诉说道："当年老蒋对我们说，到台湾后，一年两年准备，三年反攻大陆，四年回家过年……"说到这里，他停了一下，说："哪知道什么三四年，等到四五十年才回去啊！"老人说完，神情黯然。

我没有再问下去，觉得自己已经问了一件不该问的事，触痛了他心灵的伤痛。历史的悲苦给这位老兵的记忆太深刻了。

太阳在海边挂着，下午5点半光景，飞机徐徐降落在台北桃园机场。桃园机场的整洁和宁静，对我们这些初次踏上宝岛的人来说，还是觉得新鲜的。台湾电视界同仁和有关朋友，已经在旅客出口处打着欢迎的横幅迎接我们。

从桃园机场往台北市去的公路上，我们的汽车走走停停，用缓慢的速度行进着，第一次踏上宝岛台湾的土地，我们尝到了台湾堵车的滋味。

（1997年）

"天长地久"的记忆

8月6日，我们开始了忙碌的访问考察活动。

也许是台湾电视业比较发达的缘故，上午的见面会开得十分热烈和活跃，台湾同业人员的敬业和勤奋的精神，让人感动。在会上，大家互相交换名片，介绍各自单位、公司的情况。一些大学的教授、学生得知大陆电视业访问团抵台后，也十分积极地前来参加会议，并向我们了解大陆电视业发展水平、发展趋势。虽有多年的隔膜，但共同的文化渊源，相同的语言，使大家在相互了解时有了更迫切、清晰的表述。末了，大家都有一句共同的话语：以后多联系！

时间在分分秒秒地过去，无论是初次见面的新朋友还是多年的老朋友，我们大家都沉浸在相互认识和了解的和谐氛围中。临近中午，我们的见面会只得结束，去台湾民间全民电影公司访问。台湾民间全民电影公司，简称"民视"，是一个刚成立不久的民间电视机构，凭借它的后起之秀的锐气，它正以咄咄逼人的姿态，傲视台湾。24小时的全天候新闻，给予观众最饱满的资讯需求，它还和台航签约，在台湾首家使用直升机电子陀螺仪，空中拍摄确保画质稳定清晰；还斥资两千万，购置了D气象软件，采用最先进的太空遥测技术，立体综观台湾气候，跳出电视窄框，达到了山有山的高度、云有云的厚度、海有海的深度的视觉效果。所以，"民视"十分自豪地称："民视一开播，收视率就插队，惊动三台老大哥。"

这里所说的三台老大哥，就是台湾老牌电视媒体——台视、中视、华视三家电视台。

下午，我们就去拜访、参观这三台。我们看到了这三台的实力，也看到了这三台目前面临的压力。由于民视和其他电视媒体的出现，不仅节目打破了三台一统天下的局面，也出现了许多业务骨干跳槽的现象，让三台头痛不已。但在经济市场化的台湾，各自都心照不宣，只有自己努力罢了。晚上，中视公司的朋友邀请我们参加宴会。几位副总经理和我们边聊边劝酒，十分热闹。尤其是裴恩伟先生，是我们的老朋友了，他的热情和真诚，让我们感动。因此，虽然访问团成员大多数是第一次赴台，第一次去台湾电视机构做客，却没有陌生感。

天早已暗下去了，台北市的夜景十分壮观，霓虹灯似满天星斗，撒满这宝岛的一角，当我们步出中视公司大楼，台北夜间人们的忙碌场景又扑进我们的视野。好客的台湾同行邀我们去台北车站附近的新光摩天大楼观光，看台北夜景。新光摩天大楼是台北最高的一座标志性建筑，它高 224.15 米，有 58 层，其中地面 51 层，地下 7 层。它的建设耗时 1760 天，于 1993 年 12 月正式落成。我们到达时，新光摩天大楼的负责人已经在等候我们了。我们登上顶层瞭望台，观赏台北夜景。但是，当我们登上顶层观光时，觉得实在有点浪费了。因为对台北，我们还没有认清楚方位和基本概念，遑论欣赏了。主人的热情，我们只能悄悄地享受着。

台北同行的夜生活，或许比我们丰富得多。我们参观过新光摩天大楼后，他们又把我们送到阳明山天长地久温泉休息。阳明山天长地久温泉是台湾一个有名的地方，它坐落在半山腰。过去是达官贵人去的地方，现在车马稀了，人不多。主人早已为我们准备了丰盛的茶点和酒菜，算是吃夜宵，大家边吃边喝，看得出，因为大家难得聚在一起，主人是尽量让我们玩得开心，尽地主之谊。

午夜的台北市，灯火依然璀璨。白天热闹得常常塞车的马路上，显得空荡荡起来。回到下榻的宾馆，拿出笔记本记日记时，忽然想起温泉的大名，天长地久，多么好听的名字，多么吉利的名字。这一夜，我们的记忆，是天长地久的，我们的友谊天长地久。

（1997 年）

风雨阿里山

这并不是我故弄玄虚拟一个吓吓人的题目，而是这次去阿里山的真切感受、亲身体验。

这天早上，我们在位于台中的电影公司吃过午饭以后，即往阿里山去。我们坐的是辆大巴车，车的性能及司机的驾车技术都不错。驾驶员是浙江人，也是老乡，人憨厚也很精明，一路上没有出现过险情，所以我们都很放心地在车上休息。

阿里山是台湾有名的一座山，去之前，我们哼着"阿里山的姑娘美如水，阿里山的少年壮如山"，沉浸在憧憬之中。向往这美丽的风光，向往那高山族姑娘的倩影，向往阿里山那起伏的山峦和片片飘浮在半山腰的白云，也向往那大陆城市不大看得到的蓝天。

阿里山在嘉义县的阿里山乡，海拔居台湾之首。当我们睡眼惺忪地向窗外看去时，汽车已经离开高速公路驶进山里的公路上了。高低起伏的山峦一片翠绿。山脚边的民居零星地散落在这绿波之中。台湾的民居此时看来，也已经没有什么特色了，都是新修的。从屋顶上的不锈钢水箱来看，这些村民有点自给自足，但是我们没有下车去考察，只不过猜想而已。当我们做如斯想时，汽车已经沿着盘山公路往山上走了。不一会儿，崇山峻岭的气势显现在眼前，山坳在车窗下面，远处白云涌动，连青天也在旋转。近处的青草和树林还带着永不干涸的水珠，让人仿佛置身于飘飘欲仙的境地。忽然，一堆乌云从山旮旯儿里升起，转眼间遮住了热烈的阳光，车前立刻弥漫起一片白雾，车子喘息着慢慢走，并不住闪着大灯，警示对面来车。紧接着，又下起淅淅沥沥的小雨，水珠附着在车窗玻璃上，立刻什么都看不清了。雨越下越大，哗哗的雨，顺着车窗往下淌，一条一条的水线挂在窗外玻璃上。

车子里的气氛依然很热烈，大家说笑着，说这是上山雨，上了山以后，雨也就不会下了。果然，不一会儿，雨停了，但天却一片阴霾，空中尽是水灰色的云，仿佛用这种方式在随时迎接上山的每位游人似的。

终于，在一个快到山顶的地方，我们的大巴车停了下来。刚下车，我就被山上的寒风吓了一跳——大热天，这么冷的风，比初冬的江南还要冷。幸好边上有一排卖阿里山旅游品的商店，大家就直往这些小商店里钻。我们总算领略了阿里山的威风！也许全世界名山里的旅游商店恐怕都一样吧，商店里的竹制品、茶叶等，各地都大同小异。况且这里的东西有点脏兮兮的。加上外面刚下过雨，地面上也是湿漉漉的。

旅途的奔波，山上的寒冷，使我们早早躲进房间，钻被窝，看台湾那有趣但无聊的电视节目，没等电视看完，就进入梦乡。因为领队通知说，明天早上4点半起来，看阿里山日出。

这是一个诱人的节目，阿里山的喷薄欲出的日出景象，连梦里也想看呢。

凌晨4时30分，一阵铃声使我们纷纷起床，带着梦的余韵，走到宾馆门口。忽然，山上浓浓的大雾将宾馆门口堵住，什么都看不清。况且阿里山清晨的寒风立刻又把我们吹进宾馆的大厅里。领队已经给我们租好了看日出的棉衣。于是，我们在短袖外面穿上厚厚的棉大衣，匆匆登上汽车。汽车朝观日出的地方驶去。阿里山的制高点是看日出的好地方，那里有像大陆县城汽车站一样的观日楼。我们到时，另外一些游人已在那边。此时，凛冽的寒风吹得我们发抖，幸亏有件脏兮兮的棉衣，否则在阿里山顶真难坚持！

望着山上的大雾，心里祈盼它快点散去，因为在雾中什么都看不清，连方向都没有了。在山顶的观日楼里徜徉一会儿后，看看手表，知道太阳快出来了，望着这白色雾障，让人心里焦急万分。过了快半个小时，走出门外，发现雾不仅没有散去，却下起雨来了，而且雨的来势不小。不一会儿，把游客全赶进"候车室"——观日楼里面了。

日出肯定看不成了，大家都非常失望地坐着，望着穿着棉衣的同行，真有点忍俊不禁。这时，在"候车室"角落里的阿里山小商贩，开始是眼巴巴地看着我们这些游客，希望我们买点什么，后来见没有交易的戏，就主动与我们攀谈起来，并绘声绘色地向我们介绍起阿里山日出的壮观景象。讲完后，大家还响起一阵掌声，表示感谢。

这时，我忽然想起，我们不是来看日出的吗？怎么变成阿里山听日出了呢？我想笑，但阿里山的风雨和寒冷，又把我们的笑神经给僵住了，终于没有笑出来。

（1997 年）

台中的自然科学博物馆

到台中市时，天正下着雨，岛上的雨似乎带着油似的，下过雨以后，马路上乌黑得有些发亮，屋顶也亮晶晶的，马路边的树丛和一些热带雨林的树叶上，都像淋了油似的发亮。空气也湿湿的，特别清新。傍晚，晚霞伴着一抹余晖，洒在台中的房顶、墙上和树冠上，让人仿佛置身于油画世界里，格外恬静和宜人。

第二天，我们去参观台中的自然科学博物馆。这个科学博物馆，在岛上是出名的，大陆也知道它的先进和规模。现在能一睹其尊容，自然十分高兴。

走进自然科学博物馆，我们立刻被这里优美的环境和恢宏的建筑所吸引，它从内到外充分体现了科学这个词的含义，让人耳目一新。据资料介绍，这个自然博物馆是20世纪80年代设计建造的，总投资达33亿台币，由著名设计师葛登纳总体设计，美国、日本、英国等国家的著名专业设计公司给予展示设计，到1993年全部竣工并对外开放。应该说，这个自然科学博物馆从里到外是世界一流的。

在博物馆讲解员的带领下，我们一行也像儿童一般，遨游在一个个令人兴奋的展厅里。在"微观世界"里，我们进入生态观察隧道，"一粒沙里看世界，一颗水珠透玄机"。在一架架现代化摄像机的放大下，看到微观物体的生命世界，别有洞天。小丑鱼依偎在轻柔款摆的海龟怀里，享受觅食之乐；各式珊瑚、鱼、虾等明艳照人地攫获每个人的目光；蜥蜴那随着呼吸律动的鳞片和炯炯有神的大眼睛、蟑螂骇人的"毛脚"、螳螂灵活的身手等，都在荧幕中无所遁形。在"芸芸众生"展示区里，展示了世界之大、无奇不有的美景，有加拿大冻原，有中国东北温带林，有东非草原，有婆罗洲红树林，有加拉巴奇海岸，有美国索诺兰沙漠，有哥斯达黎加雨林，这些地方的声光电展示，形态逼真，让人如身临其境。在"地动惊魂"展示区，看到漫长的地质年代的变迁，看到高山、深谷、陆地、海洋的开始、演变和终结，看到喜马拉雅山的成因、大西洋的分裂、台湾岛的隆起，让人发出"人间几回伤往事，山形依旧枕寒流"的感叹，也让人惊叹大自然的伟大！其他如"足下宝藏""瀛海探奇""人与环境""物质与能"等展区同样让人大开眼界。

在中国科学厅里，中国医药、中国的科学与技术、中国农业、古代中国人、中国人的心灵生活、台湾岛的民族等专题展示，让人从中感受到中国历史悠久、地大物博。台中自然科学博物馆本身也是一个科学的建筑，不论建筑内部还是外部，都充满了科学的智慧和灵气。它以科技整合、生活化、艺术化及以人为中心的主题展示，凸现出整体科学的含义。除馆内科学展示外，馆外周边还有不少蕴含科学概念的展示，如馆外的生命演化史步道、鹦鹉螺纹水量调节池、DNA——主宰生命的双螺旋、视觉反射筒等设施，都充满着创新和智慧，也给人许多启迪和想象。陪同我们参观的讲解员是杭州人，她的热情和对情况介绍的透彻，让我们对台中自然科学博物馆有了更多的了解。当我们一个馆一个馆地参观过来时，也渐渐地和这位杭州籍姑娘熟悉了，她告诉我们，她喜欢这个工作，大学毕业后就到这里，现在业余攻读相关的博士学位。是啊，科学需要有科学知识的人，现代化的博物馆也需要有现代素质的人来管理才行。台中自然科学博物馆的创意和设计、管理和发展，更激起我们对自然科学的呼唤和敬畏。

（1997年）

高雄港畅游

今天，1997 年 8 月 10 日，上午，我们在主人的周到安排下，专门去参观位于台湾南部城市高雄的高雄港。

在没有到高雄港时，我们这些人似乎都不太清楚高雄港，既不知它的大小，也不知它的深浅，更不知它的吞吐量。从云里钻出来的太阳已经很有力量地照在高雄港。汽车穿过一座桥，拐过几道弯，便径直停在港口的码头上，海水近在咫尺。今天是休息日，港务局的员工和负责人却冒着烈日，站在港口岸边列队欢迎我们。在热浪里，望着天边厚厚的云和蓝蓝的天，海风阵阵，一眼望不到边的港口里仓储一个接一个，有几艘集装箱船泊在码头，气势十分壮阔。忽然我想起在德国汉堡港参观的情景。果然，高雄港务局副局长先生向我们"简报"，高雄港是台湾最大的国际港口，它天然的深水条件和优异的扼台湾海峡与巴士海峡海运交汇要冲之条件，使它成为世界上难得的天然良港。它的海运网遍及五大洲各著名港口，年货吞吐量八千余万吨，占台湾三分之二的进口量。据说，进港货物以能源、矿产品为大宗，出港货物以化学制品为最多。这个规模，这个业绩，对我们这些掌握海运知识不多的人来讲，也会瞠目结舌、刮目相看的。我们为宝岛有这样一个居世界第三的大港而自豪。

稍稍打听一下，才知道高雄的历史，高雄是随近代资本主义发展而发展的。高雄港始建于清同治二年（1863 年），起先是以安平港辅助港的形式建立的，至清光绪三十四年（1908 年）正式开始筑港。1945 年抗战胜利后，成立了高雄港务局，正式经营。此后又多次扩建，逐渐建成现在这规模。

正当我们为这雄伟辽阔的港口赞叹时，主人已经在邀我们上港务局专门派来的游船，去游览港口。游船是高雄港务局自己的，里面设有会议桌，窗明几净。在游船上望港口码头，远远近近的货柜堆在那里，就是一道诱人的风景，让人自觉不自觉地往那些码头望去。我们一边听港务局负责人介绍港务的发展概况，一边还不住悄悄地望着窗外的风景。

游船划破碧水，舷边卷起哗哗的浪花，船的速度大约每小时 20 公里，在港湾里疾驰。大概因为是休息日的缘故，港口的海里只有我们一艘游船，其他一些巨轮都静静地停泊在码头边上，仿佛旅途劳累之后的休眠。两岸码头上簇新的仓库、货柜，林立的长臂吊车，足以让人看得眼花缭乱。

一个小时过去了，游船还在往前开，偌大的码头似乎还没有到尽头，碧蓝的海水伸向远方。据说近来到高雄港观光的人也不少，但今天，我们却没有碰到其他观光客。吃午饭的时间快到了，主人在船上用盒饭招待我们，以节省耗费在餐桌上的时光，让我们多看一些景色。这种很实在的热情，大家都乐意地接受。

游船开去又开来，让我们饱览宝岛台湾高雄港的风采，领略了世界第三大港的雄姿。当我们上岸坐进汽车时，我还忍不住回头再看一眼，啊，高雄港，再见！

（1997 年）

感受台北"故宫博物院"

8月11日，午后下起阵雨，整个台北显得湿润而朦胧。湿气笼罩着台北的山和高楼。按照预定的日程安排，我们去台北"故宫博物院"参观。因此，我们吃完午饭后，就急匆匆地往台北"故宫博物院"赶去。

台北"故宫博物院"坐落于台北郊区外双溪。整个建筑依山而筑，气势虽没有北京故宫那么宏大，但因傍山而起，显得富有层次和气派，中国宫廷式建筑，也给这座现代"历史建筑"抹上一层历史沧桑感，显示出它丰富的内涵和实质。据介绍，台北"故宫博物院"建于1965年，现在已是具有保存、维护、研究、教育、娱乐等多功能为一体的现代机构。其所藏，都是北京故宫之精华。这些稀世珍品在抗战期间从北京迁运南京，南京再运四川，躲避战火。抗战胜利后，又从四川迁往南京。蒋介石逃台之前，又从南京运往宝岛台湾。目前，台北"故宫博物院"藏品已达70万件，成为中华民族文物文化精品的一个极重要的所在。里面有宋元明清宫廷旧藏，也有本世纪发现的精品。文物中以陶瓷、书画、青铜器藏品最为完整。另外，有玉器、漆器、多宝槅、珐琅器、文具、雕刻、织绣、善本图书、满蒙档案文献，品类之众多，品质之精致，可称举世无双。因此，我们站在台北"故宫博物院"大门口，目睹这些醒目诱人的介绍，心里涌起一股说不清的味道。

站在这现代化气息极浓、历史沧桑感极强的台北"故宫博物院"的大厅里，人们进进出出，进去的人带着饥渴的神情，出来则带着满足和愉悦。此情此景，更增强了我进去一睹国之瑰宝精品的欲望。终于轮到我们排着队进去了，院方还给我们配了一个高个子讲解员，这位年轻的先生十分热情，对"故宫博物院"内每件陈列的文物都了如指掌，所以讲解起来清清楚楚，头头是道，不拖泥带水。顺着参观路线，一路过去，仿佛领着我们进了一个历史隧道，目睹历朝历代的文化风采。讲解员告诉我们，台北"故宫博物院"内陈列的文物，百分之九十九是真品而不是什么复制品。这令我们有些惊讶，现在博物馆数以千万计，但陈列的东西中，有不少是复制品。因此，听到讲解员的介绍，我们格外珍视台北"故宫博物院"内的这些国宝。

在众多文物陈列中，有一块像杭州东坡肉一样的玉石吸引了我们。这块玉石与杭州餐桌上的东坡肉并无二致，有皮，皮上还有毛孔，皮下面一层一层的瘦肉，层次分明，如果有热气衬托，你肯定以为是一块刚上餐桌的东坡肉。因为人多，我们没有询问这块东坡肉玉石的故事，天地造化至此，不问也罢，问了又怎样呢？我们只是隔着橱窗，尽情地饱眼福，挤在人群里一睹这玉石的风采。

在文献陈列馆里，我们有幸目睹清王朝耻辱的《南京条约》真迹。在这个馆里，参观的人并不多，也许因为香港回归了，耻辱洗刷了，再睹这伤心物，实在有煞风景。但我们能亲眼看到这件饱含清王朝耻辱的历史文献，目睹清朝皇帝那无奈的朱批，感受到了一个积弱大国的悲哀！

从博物院里出来，时间已是下午4时光景了，空气湿润氤氲。我们站在台北"故宫博物院"大门外，俯视外双溪，对面的青山触手可及，宽大的正门石级显示出文化的古老和智慧。我拿出相机，想在这文物宝地留个影，但太潮湿，连相机镜头也起雾了。我想，镜头上的雾水可以拭去，但台北"故宫博物院"内这70万件文物在什么时候也能拭去历史迷雾，让两岸民众看个彻底看个明白呢？

（1997年）

天　缘

　　到长白山的人，不一定都能看到天池，这要运气，也要缘分。我们在长白山看到了神圣蓝洁的天池，连送我们上山的司机，都说我们有缘分，是天缘。我们都会心地领会司机的话。

　　那天，我们从二道白河美人松宾馆出发，在原始森林里奔向长白山天池，沿途都是长白山区特有的岳桦林。不一会儿，巍峨博大的长白山扑进我们的眼帘。远远望去，山巅的积雪在阳光下闪闪发亮。正在眺望遐思时，巍峨的山巅忽然不见了，而我们的车子已停在长白山前了。

　　长白山是神山，有仙气，金王朝认为长白山是女真族及其祖先的发祥地，封其为"兴国灵应王"。清王朝称之为"祖宗肇迹兴王之所"，封长白山为"长白山之神"。故此，长白山也保持了洪荒年代那种原始意蕴。我们在山门前换上一辆吉普车，盘旋几十道弯后，直奔山顶。路在云上，山在脚下，远处是莽莽林海，一望无垠，气势博大、恢宏。猛然间，仿佛天地人已经融为一体。

　　快到山顶时，一种北极的苔原带植物出现在眼前，矮矮的，在寒风里瑟瑟地、顽强地开着白色小花，这是一种十分圣洁的花朵。汽车又转过几个弯，就到了山顶停车场。旁边是长白山气象站，矮矮的一排平房静静地蹲在那里，守望着长白山天池的天和地。下车后，我发现山顶万里晴空，一片洁净。大家纷纷沿着那个土石沙丘往上走，山坡很陡，沙土很松，一不小心就会栽跟头。我们拿着东道主给的伞当拐杖，一点一点地往上走，忽然，走在我们前面的老张不走了，说头晕，我和小高立即上去扶着他，原来，此处已在海拔2000米的山上，缺氧。我们陪着老张站了一会儿，老张觉得适应了，我们又一步一步地往上走，脚下黑的沙是火山灰，所以几十米的陡坡，走得很累，也很开心。

终于快活地走完这一段路。登上山巅，冷不防，一片洁净明蓝的湖泊展现在眼前，这就是天池。站在池边山顶上，俯视天池，十分壮丽。蓝天、浮云映在天池里，明镜一般，我分不清哪是天哪是水，天在池里，天与池浑然一体。四周那黄褐色的座座山峰，寸草不长，把这天池映衬得更美了。大家赶紧拍照，我也不能免俗。但我也想，相机可以记录这美的景色、美的世界，却无法记录登临天池的那份缘。

长白山天池这个千百年来形成的天湖，东西宽 3.37 公里，南北长 4.4 公里，水面面积 9.82 平方公里，最深处达 373 米。我不想对这个神秘而美丽的天池做科学的、概念的介绍，我相信，能见到天池的真面目，是缘分，是天缘。望着这湖这山，我真不想下山，待在这里，享受大自然赐予的那份情，那份缘。

下山时，一个同伴对我说："一切是缘分。"我们望着这神秘博大的长白山会心地说："天缘。"

（1995 年）

天池瀑布

从天池下来，顾不上吃饭，我们又兴致勃勃地走进峡谷去看天池瀑布。

走进 U 形的峡谷，两边奇峰对峙，龙门、天豁峰上，一边树木茂密，郁郁葱葱，一边光秃秃，巨石怪岩，还有涓涓细泉；峡谷中间是一条乱石溪滩，瀑布之水在乱石中咆哮奔腾，马啸雷鸣，似玉龙飞奔，十分壮观。

我们溯溪而上，寻找瀑布风姿。

我们边走边看，没有多久，便可在雷鸣声中眺见那帘壮观无比的天池瀑布，在近七十米的断崖处从天而降。后人有诗记其壮观：

> 白河两岸景清幽，
> 碧水悬岸万古留。
> 疑似龙池喷瑞雪，
> 如同天际挂飞流。
> 不须鞭石渡沧海，
> 直可乘槎问斗牛。
> 欲识林泉真乐趣，
> 明朝结伴再来游。

诗并非佳作，却也反映了到此一游的心情。望着那不尽的天上之水，陪同我们的朋友告诉我们，这水是天池里的，瀑布上面的河叫乘槎河，"乘槎"是乘木排上天的意思。在龙门、天豁两峰之间，天池有一个出水口，经过补天石、牛郎渡的曲折奔腾，最后在一个断崖处跌下来，形成瀑布。

天池之水一刻不停地在山涧、在耳畔咆哮、轰鸣。

山涧里，湿润的空气滋润着两边的森林，也把山涧的空气过滤得格外清新。在瀑布近前，丝丝凉意，让在烈日下的我们感觉十分凉快。大家星散在溪边，寻找那轻松的一刻。

我们慢慢地、小心地从乱石堆成的小路往回走的时候，发现游人东一堆西一堆在溪边洗手洗脚，还有许多鸡蛋放在水里。原来这山坳里还有许多温泉，我伸手一试，真烫，真可以煮熟鸡蛋。不远处，有长白山的温泉浴室，我们进去洗温泉澡，洗好澡出来，北京的徐先生对着一个窗玻璃梳理那湿漉漉的乱头发，梳着梳着，忽然玻璃窗内冒出一面镜子，徐先生先是一怔，继而大笑。原来屋里的人见徐先生把窗玻璃当镜子，忙拿一镜子，呈到徐先生面前。隔窗照镜，这个小品式的幽默，让大家都笑起来。

（1995 年）

戈壁明珠——石河子

没有到过新疆石河子市的人，怎么也想象不到，石河子这个地处天山北麓、准噶尔盆地南缘的城市，是一个什么样子。

汽车在一望无垠的准噶尔盆地奔驰了三个多小时后，才渐渐看见稀稀疏疏的村坊。村边有小渠。水是浑黄的，偶有清澈的。渠边白杨树的根默默地伸展在水渠里。忽然，不经意间公路两边的房子多起来了——原来我们已到了石河子市的郊外。随着呜呜的几声鸣叫，车子颠了一下，我朝车窗外看去，真不相信这眼前的景色！汽车已经在平坦、宽敞的马路上行驶，两旁的白杨树足有十米高。白杨树边上是硕果累累的苹果树，喷红的苹果把树枝都压弯了，连娃娃都能摘下来。马路中间是一条鲜花盛开的隔离带，一幢一幢整洁的楼房掩映在白杨树后面。望着伸向前方笔直的马路，花木葱郁的石河子到了，我真怀疑是到了世外桃源。

傍晚时分，晚霞一抹一抹地涂在天边，绚丽多彩。我们怀着新奇的心情，徜徉在这戈壁明珠之中。晚风徐来，三三两两的青年男女穿着和上海、广州相仿的时装，说笑着从我们身边走过。我们一行六七个人在马路上已不由自主地把道路给挡住了。骑车者见状，不是拼命向我们按铃或是埋怨吆喝，而是谦和地在我们身后下车，笑着从我们身边推车而过。顿时，大家都有点不好意思起来。石河子人的文明素养让我们都禁不住赞叹起来。

沿着宽阔的马路，我们在石河子市委有关同志的陪同下，来到石河子市的游憩广场。广场在市委大楼门前，在这片花团锦簇的广场上，游人都在自由自在地拍照、嬉戏。大楼门前有一座《新疆第一犁》的铜雕像，栩栩如生，使人想起当年创业的艰辛。在一片一片红的、紫的、黄的花坛边上，是一片一片的绿茵草地，人们悠闲地坐在那里说笑。巨大的喷水池边，几丈高的水柱如帘似的喷洒下来，吸引了不少年轻的妈妈和她们天真的孩子。这游憩广场还是一个果园。广场边上的苹果树和梨树上爬满了果子。苹果有些红了，红得十分可爱。梨子仿佛是雕琢过的翠玉，青嫩青嫩的。地上没有果皮和纸屑。因此，漫步在游憩广场，有一种舒适、文明、洁净、祥和的感觉。

在居民住宅区，我们看到家家户户窗台上都放着各种颜色的花卉盆景，垂着的、竖着的、撑着的，千姿百态，显示了石河子人多姿多彩的生活情趣。住宅区实际上就是公园，高大的白杨树和一个个花坛以及绿化带镶嵌在中间，环境幽静，没有噪声。据说，石河子人的寿命高于全国平均水平，居全国城市第二位，这也许是优美的环境所致吧。

石河子是人民解放军艰苦创业，在戈壁荒原上建设起来的一座现代化的新型城市。据说外国人从卫星传来的图像中发现这一片绿洲把周围的小气候改善了，还特地跑到石河子来考察呢。

（1990 年）

《新疆第一犁》

石河子市委大楼前，有一座大型紫铜雕像：两个强壮的创业汉子，一个弯着腰拉犁，那种费劲模样，仿佛能叫人听到喘息声；一个在扶犁。一前一后，犁动了新疆石河子的沃土，牵动了新疆第一犁，掀开了石河子建设新的一页。

但是，新的一页背后却凝聚着军垦战士的血汗。正如著名诗人艾青在《赞石河子》诗中写道："我到过许多地方／数这个城市最年轻／它是这样漂亮／令人一见倾心／不是瀚海蜃楼／不是蓬莱仙境／它的一草一木／都是血汗凝成。"

新中国成立前夕，石河子是只有13家铺面40余户人家300多人的边陲小镇。冬天风雪狂卷，夏天飞沙蔽天，一片荒漠，几棵偶然遗留下来的苍老杨树也叶黄枝断。骆驼草稀稀落落地长在这荒凉的戈壁滩上，被人遗忘，自生自灭。附近的苇湖长着杂乱的芦苇，它们在寒风中瑟瑟发抖。这些荒凉的景象，即使今天从历史资料中看到时，依然让人倒吸一口冷气。

新中国成立后的1950年春天，西伯利亚的寒流在准噶尔盆地肆虐，刺骨的北风卷着雪花扑向石河子，附近的玛纳斯河被皑皑白雪遮盖着。新疆军区王震司令员、二十二兵团司令员陶峙岳亲率部分专家踏雪勘察，确定石河子为二十二兵团的主要垦区，从此，拉开了石河子建设的序幕。

成千上万的军垦战士和来自祖国各地的有志青年，像一股洪流汇集在这古老的、沉睡了千万年的戈壁荒漠上披荆斩棘，为新中国的建设忘我劳动。没有宿舍，战士们和内地来的知识青年们割来芦苇，支起一个个土包似的简易棚。晚上狂风呼啸，清晨醒来，被面上一层薄土，战士们乐呵呵地将尘土抖出门外。没有拖拉机，就用肩来拉。皮肤晒得黑黝黝的，肩上磨起了老茧，军垦战士毫无怨言。城里来的知识青年没有别的奢望，只是想把科技革新早点运用到生产上。眼熬红了，人也瘦了，连家信也没有时间写。他们，这些创业者，只有一个目标，为建设石河子奉献自己的一切。

1965 年 7 月 5 日，周恩来总理专程到石河子视察，看望军垦战士和知识青年。于是，石河子沸腾了……

今天，石河子的历史早已过去，那些为石河子新貌描红添彩的英雄也已到了退休年龄，在窗明几净的新居里享受天伦之乐。这些 20 世纪 50 年代、60 年代的建设者，是石河子发展的真正的功臣、真正的英雄！

（1990 年）

碧水一潭是天池

回到乌鲁木齐,主人安排我们去天山的天池。

清晨,我们一早赶路。汽车开出乌鲁木齐市郊,沿着准噶尔盆地的边缘,朝东北方向驶去。戈壁滩上,一望无垠,一丛一丛的骆驼草,静静地蹲着;另一边是连绵不尽的山——看上去有些焦黑的山上,没有半棵绿树和青草,犹如博物馆里的古代山水画,焦黄而灰黑。

天池,古称"瑶池",是我国著名的风景区,位于昌吉州阜康市西南博格达峰的群山之中,海拔 1980 米,池长 3400 米,最宽处达 1500 米,最深处达 105 米。这是在未到天池时从资料中获得的初步概念。汽车到阜康市稍事休息后,我们在市委领导的陪同下,开车开始向南面的天山缓缓驶去。一路上,山涧流水淙淙,树木葱茏。涧边不时见到牧民的蒙古包住房,矮小而有趣。门口站着的牧民小孩儿,见汽车从他们的家门口驶过,使劲地挥动着小手,充满童趣。山坡上爬满了牛、羊、马,它们悠悠地在山上啃草,成为天山脚下的一大景观。尤其使人惊异的是,陡峭的山壁上,还有一层一层的海水侵蚀的痕迹,不由得使人想象远古的新疆是个什么模样。

车子沿着盘山公路向天山深处驶去,时而盘旋在半山腰,可以俯视山涧,百丈深渊就在车窗之下,车子只能慢慢艰难地爬着;时而一座山壁挡住去路,仿佛无路可走,但车到山前,一块巨石突兀出来,车子却从下面顺顺当当地驶了过去。车子在天山里约摸走了一小时,气温越来越低,终于,伟岸的博格达峰雪山出现在眼前,天池也出现在车前。

"真美呀!"不知谁情不自禁地喊出这么一句。真的,这胜景真够迷人。群山环抱着一潭碧水,山风吹来,微波涟漪,雄伟挺拔的海拔 5445 米的博格达山雪峰,倒映在天池碧波中,湖光山色,浑然一体。游弋在湖中的汽艇,更增添了天池的情趣。池边满山苍松，郁郁葱葱，一望无际；林间花草丛生，毡房点缀；山坡上羊群如云，浮在半山腰。整个景色错落有致，浓淡相宜，如诗如画。我们在山上漫步，仿佛置身于世外桃源，人间的烦恼一下子云散；坐在游艇上，其情其趣，胜过泛舟西湖。

在山坡的草地上，阜康市的领导为我们准备了富有维吾尔族和哈萨克族风格的丰盛的野餐，他们拿来一个熟羊头，用刀刮出羊头上的肉，敬给桌上最有"脸面"的人吃，而羊耳朵则给小孩，说吃了听话。这些习俗大家听了乐得前俯后仰。野餐时，当地的少数民族同胞载歌载舞，欢声笑语回荡在天山深处。

天池的气温很低。我们在山下时还出汗，在山上却冷得钻进汽车。我发现，当地的牧民都穿着夹袄，我们当中一位同行者居然还带着皮夹克。然而，此时正是一年中少有的高温日子呢。

（1990 年）

神秘的莫高窟

　　莫高窟是举世闻名的佛教艺术圣地，它坐落在敦煌城东南 25 公里处三危山和鸣沙山之间的砾岩上。400 多个洞窟犹如蜂巢镶嵌在蜿蜒的悬崖上，栈道曲折，楼台高耸，显示出佛教圣地的威严和圣洁。

　　那天，旭日东升，我们从敦煌一早驱车赶往驰名中外的莫高窟。车在戈壁滩边缘疾驶，起伏连绵的焦黄而又寸草不长的三危山在车窗外扑入眼帘。三危山并不高，然而在晨曦中只见三座山峰危如欲坠。而山的那一边，就珍藏着世界珍宝。我正想象着快要见到的莫高窟奇观的情景时，车子戛然而止。下车举目，猛然见到的是莫高窟三个雄伟的字的牌楼。在参天的白杨簇拥下，山崖上无数洞窟仿佛披上一层神秘的面纱，显得幽深而肃静。而那倚山而立、欲与山比高的九层大殿——大佛殿，层覆垒叠，兽鸥伏脊，风铎悬响，在艳阳下显得金碧辉煌，蔚为大观。大佛殿内端坐着莫高窟最大的一尊石胎泥塑佛祖像，像高 33 米，塑于唐代，具有极高的艺术价值。

　　导游打着手电筒，带着我们一个一个洞窟观赏。听着导游讲解那些生动有趣的传说和故事，看着那一幅幅色彩鲜艳、神态逼真的佛教故事壁画，简直是知识世界的另一个天地，又简直是一个个不解的谜！这些洞中的壁画是谁画的？那些栩栩如生的人物画出于谁手？又是谁画好后封存的？莫高窟，一个神秘之所在。

　　莫高窟是 20 世纪初由道士王圆箓发现数以万计的经卷、手稿等文物后，名声才逐渐大起来的。它吸引了不少慕名而来的艺术爱好者，也引来了国外一批批沙漠"探险者"那一双双贪婪的蓝眼睛。他们骑着骆驼越过大漠，来到莫高窟，用极其卑鄙的手法偷盗大量文物，又用骆驼驮进异国的博物馆。英国伦敦大不列颠博物馆、法国巴黎国家图书馆都有中国敦煌莫高窟的珍宝。

最近，见到一份材料，说苏联也有大量莫高窟的文物。因此，当我们站在莫高窟的悬崖栈道上，望着这祖国的宝库，有一种莫名的惆怅！

据说，莫高窟现存的壁画总面积达 45000 平方米，内容有佛像画、故事画、传统神话故事画、经变画、佛教史迹画、供养人画像、装饰图案等，这些艺术画若组合成高 1 米的画，长度可达 45 公里。莫高窟的另一类财富是那2400 余尊彩塑，这些富有个性、神态各异的彩塑，莫不使观者叹绝。

（1990 年）

昔日阳关今何在

"渭城朝雨浥轻尘，客舍青青柳色新。劝君更尽一杯酒，西出阳关无故人。"这是唐代边塞诗人王维的一首著名的送别诗。唐人曾将它谱成歌曲，反复吟唱末一句，称之为"阳关三叠"。由此，这首诗就成为千古绝唱，每唱一曲，便催人泪下。我们今天吟诵，依然可以想象古人的那种离情别绪。

阳关，建于汉武帝元鼎三年（公元前114年），是当时一个非常重要的军事关隘，也是丝绸之路南道的必经之处。也许出于思古之幽情，也许是诗人笔端余泽的影响，也许是阳关昔日的繁荣吸引，那天，敦煌虽骄阳似火，烤得我们这些远方来客不敢上街，但我们还是登上了西去的汽车。

汽车在一望无际的戈壁荒漠上奔驰。烈焰似的骄阳、吹得鹅卵石能滚动的戈壁热风，折磨得我们唇干口燥、昏昏欲睡，连那辆老爷汽车也不得不在半路上停下来"喘了两口气"。乍到阳关，我们大吃一惊，想不到昔日的阳关城早已荡然无存，昔日的雄姿只存下丘丘黄沙，昔日那一串串西去的马蹄声和驼铃声如今只留下茫茫流沙，无处追寻！千余年来的战火，一次又一次毁蚀着这座西域重镇，暴戾的风魔无数次光临古镇，使它逐渐成了一片废墟，成了一片瓦砾场，成了一片荒漠。

阳关的雄姿被历史的风雨所淹没，我们只能从诗中去寻觅。

然而，阳关古址却不是一首诗，我们寻到的是这首诗遗落的一个句号——古阳关的一座烽燧。烽燧坐落在山丘上，站在这个小山丘上，环顾左右，起伏不平的山脊连绵不断，形成天然的屏障；往南眺望，是一大片沙滩，当地人称之为"古董滩"——想来古丝绸之路就是从那片沙滩出关的吧。阵阵热浪从北边滚来，掀起我们身上的短袖衣角，吹掀着我们头上的那顶太阳帽。尽管如此，大家还是争先恐后地在那古烽燧遗址边留下一个个身影，说是要做今生今世的永久性纪念。在山坡边，我低首寻觅着，是寻觅古人丢下的箭？是寻觅古人来不及消费而遗下的一枚五铢钱？还是寻觅古阳关车水马龙般的繁荣？我说不清。傲立在山上的烽燧残墟，已被今人用铁栏杆围起来。烽燧是用黄土和芦竹垒成的，千余年前的芦竹风采依旧，默默地承受着风沙的侵蚀，和黄土紧紧胶合在一起。

"劝君更尽一杯酒，西出阳关无故人"的伤感，今已不复存在，但那万古风云、丝路盛世，却仍令人神往、留恋！

（1990 年）

天下雄关

我们从敦煌出发，坐汽车沿着祁连山脉和戈壁滩边缘，从河西走廊的西端往东进发，有名的嘉峪关是必经之路。

车子在嘉峪关古城前戛然而止，嘉峪关市文物部门的同志早候在那边。虽然我们素昧平生，但在祖国文化遗产面前，既属同宗，也属同行。

古城是一派新姿，整齐而完整，城墙似乎是新筑的，城门也是那样高大和厚实。我带着疑惑的口气问这古城是不是新修的。因为我觉得看古物，一定得是原件，如果看古物却看到新修的，总有一种被欺骗被愚弄的感觉。陪同的同志告诉我，这古城本来就是这个样子。因为戈壁滩上的气候干燥，再加上没有遭战火，这座古城得以保存完好。听完解释，我对这古城雄关的崇敬之情油然而生。当年的烽火，当年的人欢马叫，当年的刀光剑影，当年衣衫褴褛的百姓……当年一切的一切，只有这古老的嘉峪关最清楚！

在城墙上，远眺祁连山，苍苍莽莽。蜿蜒的现代公路在戈壁大漠中延伸，参天的白杨显得十分雄健和风流。关西，呆呆的太阳正在山上，长城远远地飞入眼帘，望着古代劳动人民智慧的结晶，使人不由自主地想起中华民族的灿烂文化。关内是嘉峪关市，崭新的大厦、宽敞笔直的街道显示了改革开放的魅力。陪同的同志指着城楼上的一块砖说："当年建这嘉峪关城墙，设计师计算要用多少石料、多少块砖，极为精确。有一个地方官不相信，在运砖时暗中添了一块，结果，整个嘉峪关城墙竣工时，发现多了一块砖，于是特地放在城楼边上，没有取下来。"我不想考证这个故事的虚实，但它足以说明祖先的智慧。

嘉峪关不仅有古朴雄风的一面，也有缠绵细腻的一面。据说当年有一双燕子在城里筑巢而居，有一天，双燕齐飞，出城觅食，不料，戈壁滩上突然狂风大作，飞沙走石，昏天黑地，两只燕子在黄沙弥漫之中离散。雌燕在关门前飞回嘉峪关城内，而雄燕飞回时，城门已闭，于是它用纤小的身体去撞那巍峨的城门，继而去撞城墙，终于壮烈而亡。而留下的那只孤燕，失去了伴侣，终日思念哀鸣，不久也在城墙边相思而死。因此在那个城墙边，击石而有燕鸣。我们好奇地试试，果然有类似"啾啾啾"的燕鸣声。

　　传说有点悲剧色彩，但从中也可想象出古时嘉峪关的伟岸和雄壮、悲壮和多情。如今，清代名将左宗棠题写的"天下第一雄关"风采依然不减当年。

（1990 年）

兴隆看云

我们从海口驱车,沿东线往兴隆驶去。海南高速公路的等级并非最高,但十分通畅,我们以一百公里的时速直奔万宁兴隆。

沿途是海南特有的丰富的植被,5 月初已成熟的早稻田散布在这茂密葱郁的绿色中,显得丰美而宁静。扑进车窗的常常是清新而略带青草味的空气,让人陶醉也让人清醒。

万泉河是去兴隆途中的必经之地,它经芭蕾舞剧《红色娘子军》和歌曲《我爱五指山,我爱万泉河》的传播而扬名国内外。其实万泉河并不大,只不过在河流很少的海南岛,凭借交通地理和人文景观,自然名声大振。车子开在万泉河的桥上,大家都凝神张望,一睹万泉河的风采,也泛起往昔曾经想象过的记忆。

兴隆是万宁县的旅游度假胜地,过去是海南的华侨农场。当年许多华侨都愿意在这块风水宝地上投资,发展热带作物,造福桑梓。我们的车子一路过去,当汽车驶进乡村小道后,眼前展现一片簇新的别墅型的建筑,掩映在椰树林里。我们下榻的度假村也同样,尽是草地和花木,平展而自然的绿化,给人一种回归自然的感觉。

在兴隆,最让人难忘的是云。那天,突然乌云翻滚,一大堆云从天边涌来,从海上飘来,远远望去,很低很低,低得让人感觉像伸手即可触摸似的,天离人是那么近!这些云,大概就是从树那边、山那边的海上飘来的吧。

(1995 年)

通什黄昏

从三亚到通什，我们走的是中路，因为通什位于海南岛的腹地、五指山的西南麓，是走中路回海口的必经之路。通什也是黎族、苗族较集中的地方，原是一个自治州的所在地，自海南建省以后，通什便改为市了。

我们投宿在一个山庄，这个山庄建在一个山坡上，顺势而筑的爬山廊透迤曲折。高处是一座四层楼的宾馆主楼，建筑设计错落有致，显得很有文化。山庄里有草地和热带树木，葱绿欲滴，还有个草亭，静静地矗在那里，十分古朴和自然。

通什山庄边上，一条清溪从西南方向流来，在通什市里绕个弯，又悄悄地往东南方向流去，这条溪叫南圣河，是昌化江的上游支流。整个通什傍山沿溪而筑，十分幽静。这条不大不深的南圣河，哺育了两岸黎族、苗族人民。据说，通什有不少中、高等学校，如琼州大学、××教育学院、××师范学校等，因而文化氛围也比较浓。

通什这个山城，夜似乎来得快。白天的湿热，随着天边的乌云和夜幕的降临渐渐退去，空气显得格外清凉，这种感觉，在5月的海南很是难得。我们和北京几位教授走出山庄，漫步在南圣河边的路上，十分悠闲。我们走在桥上，看着桥下那湍湍流水，又望望山上那堆乌云，心中仿佛飘浮着一种沧桑感。古往今来，似乎最伟大、最不朽的，还是这大自然！

溪水淙淙而去。溪岸边的路灯也亮了，几个当地果农挑来西瓜、香瓜、芒果和香蕉，在昏黄的路灯下面开始他们的买卖。三三两两的青年男女也沿着溪边散步，一眼看去，就知道是通什各类学校的学生。忽然，身边响起"啪啪啪"的声音，转身一看，是一个农民赶着几头牛从身边走过，大概是从田里归来。

通什的黄昏仿佛是一首田园诗，这时诗意渐渐漫溢开来，把整个山城浸淫在夜色之中。突然，老天下起雨来，我们赶紧往回跑，不料这一跑，把原先的诗意全跑掉了。

（1995 年）

遥望五指山

　　从通什到海口的途中，能遥望五指山。这个消息令我们兴奋。因为五指山的名声实在太大了，一首《我爱五指山，我爱万泉河》歌曲把海南岛众多的名胜古迹、丰富的自然资源，浓缩为"万泉河"，浓缩为"五指山"。所以五指山几乎成为海南岛的象征和代名词。

　　汽车从通什出发，一路在崇山峻岭中曲折穿行，忽上忽下，忽左忽右，一边是葱郁的青峰，一边是悬崖，虽然路难走一些，但不宽的柏油马路十分平整，延伸缠绕在海南岛的青山里。空气格外新鲜，新鲜得带点甜味。穿过一个一个的小山村，驶过一片一片的西瓜田，那海南岛特有的风物，对我们这些来自中国其他各省的人来讲，一切都挺新鲜的。

　　忽然，公路边上不断出现"五指山欢迎你""此处遥看五指山"等广告语。这时，车里的人雀跃起来，人们七嘴八舌地谈论五指山，其实，这时汽车已经在五指山山脉中了。汽车终于在一个遥望五指山的最佳处停了下来。

　　不知道有多少人在此遥望过，也不知道有多少人在这里惊叹过，这个遥望五指山的地方，已经成为一个景点。几间草棚成了旅游商品的销售点，玳瑁手镯、银器、药材等，数量不多，但地方特色却很浓。在边上还有一个两层楼的遥望台，不过人上去都得付遥望费。这时，大家都在东张西望地寻找五指山，附近的村民在叫卖纪念品的同时，倒也十分朴实和热情，他们指着远处说："你们看，远处那像五指一样的山峰，就是五指山。"顺着村民指点的方向望去，远处确有一堆高低不平的矗立的山峰。啊，原来这就是海拔高达1867米的海南第一峰——五指山！远远望去，竟然那样小，那样遥远！村民还告诉我们，五指山有一指曾遭雷击而断了，但我们似乎看不出。这时，一个山村少女托着一只山鹰过来了，她让我们托着山鹰拍照，拍一次付两元钱，中央电视台的几个同志饶有兴致而又心有余悸地托着那只山鹰照相，一副憨相，令人捧腹。

在遥望五指山时，村民又给我们介绍了一个远处的毛公山，说那远处一脉山峰的造型，活像躺着的伟人。大家顺着方向远望，还真有点像。村民说，我们算运气好的，今天能见到毛公山。我们也怀着真诚，遥望五指山，遥看毛公山，带着满足和欣慰，上了汽车。

汽车依然在五指山里往前走着。

（1995 年）

漫步桃花源

秋到桃花源，虽没有那种如云桃花，也没有落英缤纷的撩人场面，但"良田美池桑竹"依然。所以，我们渡过沅江，沿着新修的山道蜿蜒而行，寻觅陶渊明笔下的那个"桃花源"。

陶渊明所描绘的世外桃源，位于湖南省的桃源县。陶渊明在《桃花源诗并序》这篇名作里面，对桃花源有一个描述："晋太元中，武陵人捕鱼为业。缘溪行，忘路之远近。忽逢桃花林，夹岸数百步，中无杂树，芳草鲜美，落英缤纷。渔人甚异之……复行数十步，豁然开朗，土地平旷，屋舍俨然。有良田美池桑竹之属。阡陌交通，鸡犬相闻……"这是古人理想中的世外桃源。但今天，这个"桃花源"却因陶公这篇文章而名扬天下。同样，我们也是被这篇文章诱惑而来寻觅的。

在一个山坳处，一座颇有气魄的牌楼出现在眼前。车子停在外面，我们下来一看，"桃花源"三个字镌刻在牌楼上面，两边的石刻对联是："红树青山，斜阳古道；桃花流水，福地洞天。"一派仙境气象。从牌楼入内，沿桃花溪，上穷林桥，进菊圃，一路所见，桃树成片，诗碑依然，一种世外桃源的风貌。我们慢悠悠地走，慢悠悠地想，努力把此地的一草一木和背诵过的《桃花源诗并序》联系起来，很有点发思古之幽情的味道。

来到一座八边形的方竹亭前，我们一边欣赏着诗碑，一边打量着这座号称这里最古的亭子——经历过风风雨雨四百年的方竹亭。三门四窗的砖石结构的方竹亭上覆琉璃瓦，内为穹隆顶，十分古朴，古朴得仿佛是陶公遗物一般。亭边上的方竹十分茂密，足有几十平方米。

沿着往山上走的石级，我们慢慢地上去，一路所见，都是碑，都是诗，遇仙桥边的怪诗，桃花观里的诗碑，蹑风亭上远眺，都让人心醉！我想，秋天的

今日桃花源

景色这么迷人，春天的桃花源又该是怎样呢？

（1991 年）

太极洞游记

4月的一天，春意融融，薄薄的几片白云萦绕在青山竹海之间。溪间涓涓细流，碧清碧清，细细聆听，方才闻到水声。在长兴西山煤矿公务之余，我们驱车来到安徽广德县太极洞游览。

读过明代文学家冯梦龙的《警世通言》的游客，都知道"广德埋藏"即太极洞，是中国的四绝之一，另外三绝是"雷州换鼓""登州海市""钱塘江潮"。太极洞口山门前，一湖碧波清水，游艇逍遥。池畔绿柳依依，随着阵阵软风轻轻摇曳着，显得婀娜多姿。相传，这一湖碧水是宋代名相范仲淹任广德司理参军时泼墨言志的涤砚之水，后人为了纪念这位"先天下之忧而忧"的名臣，取湖名为"砚池湖"。太极洞附近还有东吴大将吕蒙的"点将台"，有抗金英雄岳飞征战遗迹"擂鼓台"，有汉光武帝避难广德的"卧龙桥"等名胜古迹。

车子平稳地停在整齐的杨柳、樱花之间。我们怀着急不可待的心情，步进这奇妙无比的溶洞。据导游说，太极洞总面积达14万多平方米，现已内设19座各具特色的宫厅，已命名350多个景点，洞内游程十里。在这洞内大千世界里，似七彩琉璃的倒置乳石笋犹如彩虹飞渡。海天宫内亭亭玉立的仙女般石笋林，让人宛入仙境，如天山雪峰般的碧玉巨屏，又仿佛使人置身于晶莹剔透的冰雪世界。尤使人感兴趣的，是洞中那"不夜城"景观，怪石嶙峋，斧削巨石耸立其间，仿佛都市参差不齐的高楼，给人一种夜的神秘感。还有那条一里半长的洞之河，在那叶小舟中，头顶上不住滴下泉水，撑船人那哗哗的竹篙拨水声，和那几点泉水合奏出"太极"乐章。

爬了一段颇陡的石级，出来一看，日已当午，山脚边游人熙熙攘攘，车来车往。在灿烂的春光里，远眺山门前的景物，前辈楚图南先生书写的"太极重光"石碑赫然跃入眼帘。是的，这古老而新奇的太极洞，只有在改革开放

天下四绝之一太极洞

的时代里，才重放光芒，焕发青春。

（1990 年）

谒徐向前故居

一个秋高气爽的日子，我去徐向前元帅的故居谒访。

徐向前元帅的故居在山西省五台县东冶镇永安村滹沱河边的一个村庄。我们随着"元帅故里"的指示路牌，沿着乡村公路，一路寻去。在一个极为冷清的村庄里终于找到"徐向前故居"。车子停在一个有戏台的广场上，这个戏台如今已作为来访者的停车场。广场边上的秋阳里，有两个农民在卖着当地的土产，如枣子什么的。步行几分钟，就到了故居所在的巷子，我们看到一个北方颇为普通的带台门的四合院，这就是当年叱咤风云的徐向前元帅的故居。

面对眼前没有车水马龙、静悄悄的故居，我们带着崇敬也带着许多疑惑走进徐向前元帅的故居。据介绍，故居是五台县人民政府1992年修复的，占地面积216平方米，这个普通的四合院内的三间正房为楼阁式建筑，下面为居室。徐向前元帅于1901年11月8日出生在这里。当地政府对徐帅故居十分重视，专门将故居设一个副科级机构，给三个编制，负责故居的日常工作。当我们走进故居参观时，感觉到日常管理还是很有条理的。进门的院子里放着一座徐向前授元帅衔时的半身铜像，威武庄严，又和蔼可亲，一股英武之气从铜像的大盖帽下透出来。后面是一座影壁，连同这铜像，都沐浴在阳光里。故居有东西厢房各五间展室，这些展室陈列着徐向前元帅的一生史迹，除了照片之外还有不少珍贵的实物，如望远镜、旧军衣、水壶等，这些活生生的照片和带着硝烟味的实物，形象地展示了徐向前元帅的戎马生涯。这些照片里，无论是徐帅早期的还是晚年的，无论是风雨如磐的峥嵘岁月还是殚精竭虑的和平年代，他那英姿勃勃的身影和和蔼可亲的长者形象都会永远留在谒访者心里，让每一位来访者都觉得不虚此行。

徐帅故居和永安村其他普通宅院一样坐落在百姓居所中间。徐向前元帅当年离开故乡辗转大江南北投身革命后，就没有回来过，即使全国解放后，徐向前当上共和国的元帅也没有回去光宗耀祖。他将自己的一生献给了中华民族的解放事业，献给了中国人民。所以，这一切，和一乡之隔的阎锡山故居形成强烈反差。阎锡山故居的导游告诉我说，站在阎锡山故居这一大片雕梁画栋的房屋顶上环视所在的河边村，凡是目力所及的砖瓦房以前都是阎锡山家族的。不过，虽然今天阎锡山故居车水马龙般的热闹，徐向前的故居静悄悄的，但绝不是一个伟大一个不伟大，恰恰相反，去徐向前元帅故居谒访过后，更觉得徐帅的伟大和崇高。他是从这个山西农村宅院里走出来的胸怀全国、胸怀民族的英雄，他一生为天下计，一生为天下谋，是真正的中国共产党人。

徐向前故居显得有些冷清，但稍微有点历史知识的人看过徐帅故居都知道，冷清和热闹都是一个过程，精神价值的永恒才是真理，价值有大有小，为国家、为民族奉献自己的一切是人生的大境界、大价值。从徐向前故居出来，秋天的太阳依然这样明媚地照着这个山西的小村庄。

（2004 年）

楠溪江秋色

　　位于温州永嘉境内的楠溪江，风光秀美早已闻名遐迩。仲秋时节，永嘉电视台的朋友热情相邀，我趁在温州开会的空隙，欣然前往，一睹秋色里清清朗朗的楠溪江。

　　进入仲秋时节的楠溪江秀色不减春夏，依然那么妩媚动人，而且山下、村头、溪边平添了一种成熟美。结结实实的板栗、藏在树叶间的柿子、丰收在望的稻谷，把楠溪江两岸的田野景色烘托得让人眼馋。中午时分，秋日阳光不逊夏日。永嘉的朋友说，这么好的天，还是去江里漂流一下吧。于是，在友人周到的安排下，我们会合北京来的朋友，八个人分乘两只竹筏，艄公轻轻地把竹筏推入软软的溪水里，再用竹篙轻轻一点，便顺水而下，速度不快，悠悠然。溪水是清清的，一眼可以见到水底光光滑滑的鹅卵石。暖暖的秋风从溪边青山上吹来，吹在溪水里，漾起一个个笑脸，让人感到格外凉爽和快意。楠溪江的水流并不湍急，因而我们坐在竹筏上，不担惊，也不受怕，平稳而舒适，放眼看去，满溪满江都是美：青山倒映在江里，显得更绿更妩媚，影影绰绰的有一种朦胧美；远远近近、层层叠叠、绵延不绝的括苍山脉，给人以一种壮美；溪边岸上青瓦顶、白粉墙的农舍，掩映在参天古树里，透出浓浓郁郁的田园风情；溪边一大片一大片的滩林，茂密青翠而充满生机。竹筏就在这如诗似画的天然画屏里顺流漂去。忽然，前面一片浅滩，水不盈尺，水流湍急，竹筏在溪底卵石上晃动一下，突然加快速度，直冲浅滩，溅起朵朵水花，半分钟不到，一晃又过去了，竹筏复归平静，我们又一边海阔天空地聊起天，一边欣赏两岸秋景。

　　不知谁的提醒，一个十分有趣而天真的镜头扑入大家眼帘：溪边高大的杨树上爬着一个年纪五十开外的村民，远远地悠然自得地看着我们这些游客。这楠溪江村民天真的举动，给秋天里的楠溪江抹上天真的一笔，引人开怀。在我们的印象里，爬在树上的人必定是孩子，而眼前却是一个五十开外的人！我想，恐怕他对楠溪江的美，已经从不同季节不同角度看遍了，唯有俯视这画卷般的景色，才过瘾。

世界上清水好水很多，但像楠溪江这样保护得好的还不多见。楠溪江边一个年轻的女镇长告诉我说，楠溪江流域凡有污染可能的企业全部停掉了。话说得很轻松，但为保护楠溪江碧水，当地百姓和政府却付出并不轻松的代价呢。看来，好水好山还要有好人保护才行呢。

（1997 年）

温州梅雨潭

因为朱自清年轻时为温州的梅雨潭写过一篇散文《绿》，所以今年初夏时节的一天，我们慕名去梅雨潭。

那天，天上轻施着薄薄的白云，让午后的阳光有些柔和，空气里处处弥漫着青草和树木生长而散发出来的清香。走进位于温州仙岩景区梅雨潭的入口处，这种草木清香更加浓郁，浓郁得让人情不自禁地做起深呼吸来。为我们做导游的是外地人，但是，他对梅雨潭的熟悉、对梅雨潭的钟情，恰恰在本地人之上。他告诉我们，他为了梅雨潭，把家就安在温州，专门在梅雨潭做导游，尽管很有限的工资只够他们租着简单的农房过着简单的生活，但他依然每天在梅雨潭快活地向每一个到梅雨潭的人介绍梅雨潭的过去、梅雨潭的文化以及梅雨潭的精神，导游内心的安宁和快乐也深深地感染着我们。走进仙岩景区的梅雨潭之后，我们的思绪常常随着导游的介绍神游在梅雨潭的山石水草树木之间。

梅雨潭是哪个时代形成似乎已经不可考证，年代的久远给梅雨潭披上一层神秘的色彩，让人充满着想象。梅雨潭实际上是仙岩景区雷响潭、龙须潭等三个瀑布的其中一个，也是最漂亮、最具文化意味的一处。从天上飞奔下来的瀑布，像一条透明的白练自上而下，多少让人有些心动，也多少让人充满遐想，国学大师张宗祥20世纪20年代在温州任地方官时，游览梅雨潭之后，为梅雨潭写了"飞白"二字，这两个带有黄庭坚韵味的字，让人感受到张宗祥先生内心的遐想和美学感受；而嘉靖进士刘畿当年游览了梅雨潭之后，欣然写下了"飞泉"二字，这位刘先生当年看到梅雨潭瀑布时，肯定不是在瀑布奔腾的梅雨时节，也许是秋高气爽的秋季，展现在刘进士眼前的是一条似泉水般的瀑布飞流直下，让刘进士脑海里闪过的，估计是错把瀑布当泉水，否则应该往上涌的泉水怎么是飞下来的感觉呢？自然，在梅雨潭欣赏这天然的瀑布以及数千年来一点一滴形成的清澈见底的潭，还有数千年来都在流淌的水、各种形状的充满线条美的大大小小的石头，它们都留下了历史的岁月痕迹；我们站在梅雨潭的亭子里，望着飞下来的瀑布以及一潭清澈可鉴的清水，想象着如果能够在梅雨潭洗一洗，世人的俗气会少很多，浅浅地尝一口，可以洗涤世人心灵中的那些累赘，这世界该会多好！一位名为寿石的僧人曾经在梅雨潭写过"漱流忘味"四个字，我们不知道是这位僧人的体会还是期望，不过，梅雨潭确实让每个到过的人因心情的不同，得到的感受也不同。

导游指着上面的瀑布告诉我们，这瀑布的水流下来的时候，因为中间的石头的关系，幻化出一个大写的人字，有时在瀑布的上端幻化出一个观音菩萨像，高高在上，俯视人间大千世界的同时也在普度众生，让信徒膜拜不已。导游还告诉我们，现在的水量不大，真正大的时候，瀑布可以奔腾而下，站在这个亭子里全身都会湿透。听到这里，我们对这个亭子又多看几眼，当年20多岁的朱自清先生就站在这个亭子里，亭子仿佛是凌空的，"这个亭踞在突出的一角的岩石上，上下都空空儿的"。所以朱自清专门用心看了一下，担心亭子的根基不牢固。而现在我们又站在距离朱自清写《绿》80多年后的这个亭子里时，竟然感觉非常踏实，没有什么凌空感了。我们无意中看了一下亭子的基础，原来"上下都空空儿"的地方早已做了加固。真是很奇怪，稍微有些变化，人的感觉也会发生变化，难怪今天我们站在这个亭子里时，就没有这种凌空的感觉了。

年轻的朱自清在风景秀丽的温州生活过一段时间，自然对江南的风景有他自己独到的感悟。他曾经在《绿》一文中对梅雨潭的来历有过这样的解释："像一朵朵小小的白梅，微雨似的纷纷落着。据说，这就是梅雨潭之所以得名了。"朱自清在这篇散文里把梅雨潭的"绿"描写得入木三分，所有文字都浸淫在梅雨潭周围的绿的世界里。我们盘桓在朱自清笔下的梅雨潭，自然也是在一片绿的包围里，甚至有些绿得走不出来的感觉。然而正当我们沉浸在导游絮絮介绍梅雨潭和一些名人的种种往事里时，忽然整个梅雨潭一片宁静，宁静得仿佛白练似的瀑布也悄无声息，珍珠似的水珠落在一潭绿水里，小水珠在轻轻地跳跃着，同样宁静得让人不可思议。梅雨潭周边的"女儿绿"仿佛也凝固了一般，"瀑布在襟袖之间；但我的心中已没有瀑布了"。朱自清当年的感受仿佛依然遗留在梅雨潭。唯有梅雨潭的空气让人感觉更加舒畅清新，下午的阳光从山口照过来，和着柔软的风，吹散这种女儿绿的凝固，漫溢开来，致使梅雨潭显得十分温柔，格外清朗宜人。

当我们从梅雨潭下来，走到圣寿禅寺边上的时候，不知谁说了句"真静啊"，几个同伴竟都不约而同地赞同。这种感觉，回想起来自己都觉得奇怪，当年郁达夫说过，朱自清"以江北人的坚忍的头脑，能写出江南风景似的秀丽的文章来者，大约是因为他在浙江各地住久了的缘故"。而我们，在熟视无睹的江南忽然有了一点新的感觉，当年梅雨潭的"绿"变成"静"，并且正在我们心里漫溢开来。我忽然想起古人赞梅雨潭的那句"既见各有得，欲语不可传"，不禁哑然失笑。

（2011 年）

发现高迁

"高迁"这个村落古已有之，何谓发现？我自己想想也觉得是个问号，但是又一想，觉得说"发现"有什么不可以呢？因为起码在高迁的所在地浙江，这个地方的知名度还不高，许多喜欢古村落的人对高迁这个地方还不是很了解，在媒体高度发达的今天也少有报道。高迁这么有文化内涵的地方恰恰被淹没在新造的"古村落"里面，甚至连高速公路边上的广告都没有一块。所以，和我一样对"高迁"这个古村落不了解的人，估计还大有人在。因此我还是坚持用"发现高迁"这个题目。

高迁位于浙江仙居县永安溪和景星岩景区之畔的诸永高速公路边上，也许是高速公路行驶速度太快的缘故，人们来不及在高迁古村边上看一眼，车子就过去了。有一天，我们就在诸永高速公路的一个出口弯过去，不到两分钟就到了属于仙居县的一个普通的村庄，陪同的朋友说："高迁到了。"但是它怎么看都不像个古村落，农民新盖的连粉饰都没有的房子实在无法与古村落联系起来，村庄的小路和其他村庄一样，都是水泥路，看不出一点古的味道。我们正在疑惑间，车子已经停在高迁古村落的一个门口的停车场上了，我们下车一看，几棵松树孤零零地在一座山墙边静静地挺立着，一个新修的挺古朴的门楼却被我们的视野忽视了。在我的眼里，真正古老的东西才是文化的，因为它承载着今人无法再现的历史意蕴，哪怕一块让人走过几百年的石板，上面承载的信息足以让我们感受一辈子。新修的"古建筑"实在无法让人勾起历史的情感，所以当我们驻足凝视那些苍松时，忽略古村落入口处的新建的仿古的门楼是自然的事。

同样的理由，我对高迁的历史遗存抱着十万分的敬意。我轻轻地走进高迁，走在高迁纵横交错的每一条小街上，对街边流淌着清水的小溪——真的好久没有见到这么好的清水——也会凝视很久。看着这水，轻轻地从这条小街流淌到另一条小街，中间哪怕一个小激流也会让人觉得那样真切自然，毫无做作。年轻的村妇在小溪里洗衣时的那种姿势，恐怕是高迁的一个永远美丽的倩影。在高迁，这样的小溪，仅我看见的就有好几条。小溪给高迁古村落带来绵延不绝的生命，也给高迁的历史发展创造了无数的机会，站在高迁古村落小溪的边上，我想，如果高迁没有这些并不起眼的街边小溪，恐怕就不会有后来高迁的繁荣和发展。

在这样的思想基点上出发，我走进高迁的每一栋类似北方四合院的南方古厅堂、古庭院，看到落地长窗上精美的图案、富有创意的雕花门窗以及天井里十分科学的地平设计，就会自然而然地想起生活在高迁这个古村落的先人们，是如何喝着从附近仙居山上流淌下来的水，望着景星岩巍峨的山，无限地想象，无限地遐想，让自己的聪明才智发挥到了极致。我们穿越在高迁古村落的每一个高厅大屋里，在这些老屋里，我们时不时地看到二三百年前的捷报，那些捷报都是当年高迁的年轻人考取举人、进士的喜报，正厅堂的东西两面墙壁上的捷报层层叠叠，让人可以想到历史的辉煌。当年的锣鼓声早已远去，当年的喧嚣也早已沉寂，但是当年的辉煌依然在这些发黄的捷报里漫溢开来，让人对高迁先人的成就充满敬意。在高迁的每一个角落里，我们都可以感受到过去那些年代的历史的辉煌。一口三百年前的古井至今还在滋润着高迁的后人。一个二百年前的花坛、青石栏板上的花卉，依然让人感到有些豪华，如今虽然已经是一副沧桑，但是风韵犹在。一处水塘被百年照壁围着，既是安全考虑也是和谐需要，即使是今天从它身边走过，一点都不感到突兀，相反，心里感到安全踏实，古人应用建筑心理学实在不比今人差，在许多方面都值得今天的建筑大师们学习。在高迁古村落做如是想，我想一点都不过分。皇家的建筑不说，民间的建筑就足以反映出先人的智慧，这智慧并不比今人的理念落后。高迁的古民居冬暖夏凉，一把扇子就可以打发一个夏天，一只小火炉就可以温暖一个冬天。这样的建筑理念是何等低碳！何等环保！有时候，历史到底前进了多少，建筑师们可能还真说不清。

太阳已经西下，但是给我们做介绍的年轻人小吴的热心和他对家乡的热爱，让我们忘记了时间的存在。他说，高迁古村从五代梁朝的光禄大夫吴全智开始建村后，在这个风水宝地上曾经出现过北宋左丞相吴坚、明代左都御史吴时来等，都曾为高迁增光添彩。小吴有些自豪。他告诉我们，正因为有了这些高官，高迁的建设就有了和其他地方的古村落不一样的风采，有了不一样的境界。最早在高迁的规划设计上，仿照太和殿，相继建成六叶马头四开檐的十三座宅院，现存十一座，这十一座宅院自东向西紧挨着有一里多长，每座四合院式的院落都由前厅、后堂、两厢、走廊、后花园等组成。走进这些古色古香、原汁原味的古村落的院落里，仿佛就是和千百年来的建筑美学对话，感受千百年来的精神遗存，新德堂、思慎堂、省身堂、日新堂、余庆堂等，让我们沉浸在高迁这千年古村落的意蕴里。

　　我们再次走过高迁的那些小溪流时，太阳快下山了，在夕阳的余晖里，我们突然发现这些小溪流好像是高迁古村落的血脉，高迁绵延到今天，高迁的遗存能够相对完整地保存到今天，支撑它的，恰恰是那些小溪流里千百年来一直流淌着的水和血脉里的文化。因此，当汽车离开高迁，我回头再看看高迁古村落时，发现高迁又不见了，看到的又是那些千篇一律的农村新房子。此时，我才忽然感悟到，看高迁是要深入到古村落里面去看的，在村落外面是看不到的。

（2011 年）

苍南四季

在浙江最南端的苍南县这个地方，恐怕不到玉苍山看看，是算不上到过苍南的。玉苍山那些奇石怪貌，着实让人印象深刻。同样，到苍南，不到鱼寮，不到炎亭，恐怕也是算不上到过苍南，虽然鱼寮和炎亭这两个地方现在不是很有名，但是我相信，在若干年以后，这两个地方肯定是浙江乃至华东旅游很好的地方。

一个夏天的周末，我们去炎亭和鱼寮。我们从苍南县城出发，小车路过金乡，穿过几个村庄，不一会儿，就轻轻地停在炎亭的停车场上了。我们走到一排房子面前，发现这是个小小的渔村，家家户户都在晒鱼干，空气中飘着淡淡的海腥味。当我们走过这些农民的新房子后，忽然眼前一亮，展现在我们面前的，是海湾里面的一个 800 米长、200 米宽，视野十分开阔的天然沙滩。因为是贝壳风化形成，沙是金黄色的，在阳光下格外耀眼，十分漂亮。海水轻轻地从沙滩边涌上来，退下去，全然没有南半球大海那种疯狂和惊涛骇浪的感觉。不远处，海湾里面有个名叫前屿岛的小岛，远望郁郁葱葱，房屋掩映其间；右边大陆上的山巍然屹立，站在沙滩上看过去，有一种依靠感。海水不像长江口南边那样黄浊，而是一片青蓝色，泛着微微的波澜，使整个23平方公里的炎亭的氛围显得十分宁静。在这片浅蓝色的海湾里，波光粼粼，宁静中平添了一种活力和祥和。

我们在沙滩上面的临海农家阳台上休息，望着眼前这风景，忽然觉得眼前这景色有点像法国地中海边上的尼斯小镇。如果我们把炎亭的环境包括炎亭的建筑，重新规划和设计，在海边种上椰子树或者榕树，整个沙滩都是干干净净的，几百顶红白相间的彩色的遮阳伞整整齐齐地放在炎亭的沙滩上，供游人休息。海边的山坡上有很多中国式的小别墅，在山间森林里隐隐约约，汽车来往有序，这样的话，恐怕和法国的尼斯相差不远了。自然，这样的梦想，恐怕还得有些年头才能实现，但是我相信，这肯定不是我一个人的梦想，而是所有温州人的梦想，或者说是中国人的梦想！这时，太阳已经西下，整个炎亭海湾沐浴在夏日的凉风里，我们在海边的渔家乐喝着土酒吃着海鲜，欣赏着眼前这美景，恍惚间，一种实现梦想的快乐油然而生。

　　第二天是星期天，我们又驱车去苍南鱼寮。一路上，一边是青山一边是大海，海边的公路是新建的，从山那边延伸过来。山连着山，公路也就在山中间忽隐忽现，盘山公路不宽，但是两辆小汽车交会还是绰绰有余，也正因为不宽，公路上的小车和山上的青草、树木比较亲近，那青草的香味常常能够零距离地飘进车内，加上海边吹来的柔软的海风，格外让人神清气爽。当车子已经在繁忙的海边公路上慢慢地前行时，我们才知道鱼寮快到了。鱼寮位于浙江省东南海边的苍南县境内，距县城50多公里，景区面积23平方公里，包括鱼寮沙滩、雾城岙沙滩两部分。去鱼寮之前，好像没有听说过有这样一个地方。因为东南沿海一带尤其是浙江沿海，开阔的海滨浴场，除了舟山、象山外，就是温州这个地方有一些，但是像鱼寮这样长2000米、宽800米的沙滩还不多。据说这里可以供万人在沙滩上徜徉。

　　正说着，这个开阔的数公里的大沙滩已经出现在我们面前，沙滩上有不少人，有的正准备下海游泳，有的在那边沙滩上嬉笑，不少家长和孩子一起玩。我们去时，正值退潮。鱼寮沙滩从岸边到海边，有几百米远，所以站在岸边看过去，十分壮观。也许因为地理条件得天独厚，鱼寮的北边也有一个有着一定历史的渔村，虽然是短短的一条小街，但现在已经是一个商业交易的场所。这里主要经营海产品，生意好像没有想象得好，因为来鱼寮的人，大都是本地人，所以海鲜消费的欲望不是很强烈。浅蓝色的海面上，不远处有几个小岛，即草屿岛、大离关岛、孝屿等，据说，景区有音乐石、象鼻岩、狮子岩、龙头嘴等奇石怪岩，给鱼寮的沙滩增添了热闹而又神秘的色彩。在沙滩边，有一座宾馆，供游人休息。宾馆的后面是临海的大山，一直往南，山上有山，层层叠叠，没有森林，但是植被非常丰富，看上去一片翠绿。山上还有一些房子散落其间，我们没有上山去，远远看去，倒也十分协调。我们坐小快艇在沙滩浴场外面的小岛边游了一圈，海风阵阵，劈波斩浪，让人感受到在大海中奔腾的快意。往东看，万顷碧波，一望无际，中国大东海的气魄在小小的鱼寮浴场也能充分感受到。回到宾馆休息时，我依然沉浸在大东海的气魄里。我想，如果我站在鱼寮的高山上，俯瞰鱼寮沙滩，远眺万顷大东海，肯定豁然开朗，人世间的所有一切，与这大自然相比，还有什么话好说呢。其实，鱼寮的环境好，主要还是它的海水好，据说，鱼寮附近的海水是可以养殖海参的。海参养殖对水质的要求很高，在鱼寮这个地方能够养殖海参，说明它的海水质量很好。

我在宾馆的窗口看夏日的阳光、沙滩、大海，其中还有临海的青山做背景、小岛做点缀，把整个鱼寮布局得山海浑然一体。自然，我又想起，如果在其他季节里，鱼寮以及炎亭是不是也这样美呢？我想是肯定的。春天，浙江的海里是不能下去游泳的，但是海边山上的杜鹃花都开得烂漫，山上的青草和树木的新叶蓬蓬勃勃，随着春风飘散在山上和海边，让人感受到青春的力量；夏天不用说了；秋天也是一个美妙的季节，山上的枫叶红了，一簇一簇的，在秋天的阳光里，凉爽中带点暖意，感觉秋高气爽里又多了一种海阔天空的惬意；冬天的鱼寮或炎亭，海面的阳光格外明亮，开阔的大东海海面在蓝天下面金光闪烁，大山和小岛上的小树依然郁郁葱葱，虽然是冬天，但仿佛感觉不到冬天那种寒冷。现在，苍南的鱼寮和炎亭似乎还是没有全部开发的旅游黄金宝地，相信在人们的梦想实现的时候，这里将成为人们四季都向往的地方。

（2011年）

难忘平山

有些地方虽然繁华，但去过多次都没有留下多少印象；有的地方虽然并不富裕，却因精神的厚重，去过一次，就在记忆中留下了深刻的印象。河北平山县就是属于去过就留下深刻印象并且难以忘怀的地方。

那年初夏，我们正在中央党校学习，一个双休日，与友人专程去平山瞻仰西柏坡革命纪念馆。一路上，平山那些远远近近、高高低低的青山峻岭，蜿蜒曲折的滹沱河，还有散落在山沟河边的冒着袅袅炊烟的农舍和正在蓬蓬勃勃生长的庄稼，将这片英雄的土地装扮得分外妖娆。坐落在水库边山坡上的革命纪念馆群庄重昂扬，让我们深深感受到"两个务必"所产生的巨大精神力量。纪念馆图文并茂、声光电立体展示。领袖们曾经住过的院子里仿佛听到新中国从这里走来的踏石有痕、坚定向前的脚步声，这脚步声里，分明有信仰和意志，分明有责任和担当，一种对国家、对民族、对人民的担当！新中国的元勋们，包括那些为中华民族的独立解放而献出生命的先烈，许多人都在中国平山这个地方为我们留下可歌可泣、可堪追忆和纪念的不可磨灭的精神财富。那时节，天气有些热了，但我想当年在平山留下足迹的革命者也是能够经历到同样的时节，感受到同样的阳光和风。但心情感受不一样，那时是为了解放全中国，建立新中国，而抱有牺牲精神，而今天的共产党人，则是为建设伟大的现代化中国而流汗奋斗，不变的是一代代共产党人的信仰和担当！

在平山的山山沟沟里，在小山村里，我们常常能看到许多耳熟能详的中央机关名称，走着走着，转过一个山，忽然看到了中宣部、中组部等组织机构曾经的驻地的标志。这样辉煌的地方，想起来，全中国除了延安，也就数平山县了。对平山县历史以及革命史有很深研究的张志平先生告诉我们，平山有着光荣的革命传统，有着坚定、忠诚于中国共产党的人民群众，平山县

永远的西柏坡

也是产生《没有共产党就没有新中国》《团结就是力量》等影响、震撼亿万人心灵作品的地方。在抗日战争时期，八路军 120 师 359 旅的 718 团，史称"平山团"，全部是平山县的子弟兵，为抗日屡建奇功，成为抗战史上不朽的一个存在。张志平先生告诉我们，当时在民族存亡的关头，为什么一个小小平山县有 7000 名优秀青年参加八路军，共产党登高一呼，万众响应？关键是有像栗再温一样的一批身先士卒的平山第一代共产党人。也就是说，在民族存亡的生死关头，有一大批愿意为信仰、为民族献身和抛头洒热血的共产党人。栗再温是我们党处在最困难时期的 1927 年加入共产党的，他也是平山县籍第一个加入中国共产党的中共党员，后来他回到家乡平山闹革命，历经艰难，冒着生命危险，举家革命，在平山革命史上留下浓重一笔。张志平先生告诉我们，为了新中国的建立，栗再温和他的亲人们努力奋斗，不少人献出了青春和热血。栗家老奶奶崔秀荣，冒着生命危险和敌人斗智斗勇，掩护和支持儿女们闹革命；栗政清，1933 年入党的平山县团委书记，牺牲时年仅 20 岁；栗政通这位平山团营长，在解放战争后期牺牲于陕西扶眉，年仅 26 岁；15 岁参军的栗吉子，入伍第二年在攻打日军炮楼时中弹牺牲……他们为了新中国，献出了自己年轻的生命！平山的栗家在抗日战争和解放战争中，有27人参加革命，到1949年栗家已有15名中共党员，在中华民族的解放史上和栗家的家谱上写满了悲壮、牺牲和对党的忠诚，真是满门忠烈！

正因为平山有如此衷心拥护共产党、跟着共产党干革命的人民群众，当年党中央机关移驻平山恐怕不是偶然的，而新中国从这里走来却是必然的。人民群众任何时候都是我们事业胜利和发展的基础。当我们的车子在平山的土地上沿着山沟弯道前行时，我的脑海不住地想象着平山这块革命的热土上曾经发生过的革命往事，车前的青山上，远望的土地上，让我们感受到厚重的平山过去烽火硝烟的辉煌，也感受到忠诚坚强的信仰力量。

平山，虽是初次见面，但至今难忘！由此看来，印象是否深刻，关键在于这个地方的付出、贡献和厚重。

（2013年）

茅盾故乡行

去年的一天，我从桐乡县城乘小火轮去文学巨匠茅盾同志的故乡——乌镇参观访问。

小火轮在"官河"里徐徐驶去。两岸成片的、已绽出新绿的桑园缓缓退后；岸滩上、水田里的油菜怒放着金黄色的菜花，飘散出阵阵清香；一只只燕子沐着春风，围着小火轮来回飞翔……一个多小时后，古朴而静谧的乌镇出现在小火轮的正前方。远远望去，高大的风火墙一垛连着一垛，正在崛起的新楼房镶嵌在老式灰色的民房之中，水乡古镇好一派繁荣景象。

驶进市河后，两岸的店面门板看得更清了，石垒的护岸上面就是人家。居民从后窗放下一条绳子，一端系着木桶，叮咚一声便可提起水来。正当我对这江南水乡的独特建筑看得出神时，陪同我访问的同志对我说："旧时，这里以市河为界，西岸为乌镇，归吴兴县，东岸为青镇，属桐乡县，北面和江苏省吴江县为邻……"

小火轮徐徐靠岸，我急切地挤上去，步出码头时，陪同的同志对我说："老钟，电影院那儿就是茅盾同志读高小的学校旧址。"

我一看，在离码头不过二十余米的地方，正是新建不久的乌镇电影院，上面有茅盾同志的亲笔题字。看着这新建的影院和那俊逸秀丽的题字，怀念之情从我心底涌起……

陪同的同志告诉我，1907年镇绅沈善保将办在镇外的中西学堂迁进市内，将"北宫"的旧址改建成校舍，创立了这座高等小学。这一年，茅盾刚好从国民初等男学（设在立志书院）毕业，就进了这所小学，在这里度过了他的三年高等小学生活。

"最近发现的作文是茅盾在小学读书时写的吗？"我插一句。

茅盾故居全景照（由西南向东北）

　　"是的。"他肯定地回答，但接着他又说，"不过，现在见到的，只是茅盾上小学的最后一年的两本。"

　　我们沿着宽敞的新马路往南走去，去瞻仰茅盾的故居。茅盾故居坐落在乌镇观前街。四开间两进楼房临街而起，楼后是三间平屋，据说平屋是茅盾用《子夜》的稿费来修缮的。平屋与楼房之间是一个长天井，天井中棕榈树昂然挺立，紧挨楼后沿墙边有一丛茂盛的天竺，四季常青。平屋西边，一棵葡萄藤攀爬在竹架上。

　　"来得早不如来得巧。"我来到茅盾故乡时，适逢当地政府为纪念茅盾同志逝世周年而在茅盾故居举办小规模展览，后面三间平屋里的墙上，挂满了茅盾同志各个时期的珍贵照片。陪同的同志告诉我："这批照片和这次展出的茅盾各个时期的著作，全是茅盾同志逝世后由家属赠送的。据说，光书就有七十多斤呢。"

　　"书呢？"我问。

　　"喏！在那边橱里。"

平屋南立面及故居后园（由东南向西北）

　　我走过去看，果然几个古朴而又适宜放古书的书橱里整齐地陈列着茅盾各个时期出版的著作，有不少还是外文版呢。陪同的同志抚摸着书橱说："据说这些书橱都是茅盾同志自己设计再请人制作的，很实用也很科学。"

　　从茅盾故居出来，陪同的同志告诉我，茅盾家东邻就是茅盾童年时期读小学的立志书院。1902 年，这所小学为了顺应历史潮流，改书院为小学，叫"国民初等男学"，校长是新中举人、青年绅士卢学溥。老师有维新派沈听蕉先生等。茅盾刚进这所小学时正遇父亲沈永锡生病，因此，他就一边读书，一边帮助母亲陈爱珠照料卧病在床的父亲。尽管如此，刻苦勤奋的茅盾的写作水平仍是全校之冠。

　　我一边听着，一边在立志书院旧址前徘徊，昔日的面貌早已全非，但这里依然是一所书声琅琅的小学。时代不同了，今日在这里读书的小朋友个个欢乐无忧，似朵朵小花。我想，要是茅盾同志晚年能省亲故里，亲睹自己读过书的小学的变化，那他该有多高兴啊！

　　陪同的同志见我有些流连忘返，便过来轻声对我说："老钟，时间不早了，

三间平屋内书房

我们去参观茅盾同志晚年常常念及的唐代银杏和昭明书室吧？"

昭明书室在市河西岸乌镇剧场那儿。称其书室，其实已无室可言，然而一座砌入墙中的石碑坊仍在，上面的"梁朝昭明太子同沈尚书读书处"的石横额清晰可见，横额上端是一个褐色的石匾，上书"六朝遗胜"四个雄健有力的大字。陪同的同志告诉我，这座石碑坊建于明代，上面题词的书写者，是明朝万历年间当地的一个进士，名叫沈士茂。相传，梁昭明太子萧统童年寓居乌镇，其时当朝尚书沈约的父亲沈璞葬在乌镇西郊。所以，每逢清明时节，沈约便前来扫墓祭祖。当时，尚书祭祖，梁武帝萧衍必命昭明太子出郊相迎。久而久之，俩人便成了师生之交，为后人所颂扬。

据载，萧统在乌镇时十分勤奋好学，后人的《昭明读书图》中就有"梁昭明好学多闻，通知今古，终日诵书不辍"。这时我猛然想到茅盾同志常常提起昭明书室这一古迹，原来除了对故乡的怀念之外，还有希冀今日青年刻苦读书，为建设新中国奋斗不辍的深意。昭明书室前面的溪滩上，几棵参天古树正抽发着新芽，清澈的溪水缓缓东去，流经书室前，倒映出古树雄姿，使书室旧址显得格外古朴庄重。陪同的同志说，昭明书室已列为县文物保护单位，永久保存以供后人参观。

从昭明书室东侧拐弯往北，没走几步，便看到雄健挺拔的唐代银杏，这株一千多年的古树在一家医院的大院子里，所以远眺像是从人家屋顶上窜出来似的。我们走过去一看，唐代银杏果然名不虚传，粗壮的树干没有五六人别想合抱，上面苍劲的枝枝杈杈都奋发向上。春的气息早已爬上枝头，催生出绿绒般的嫩芽。这时旁边一位当地老农见我们观赏赞叹这棵古树，便上来和我们闲谈。闲谈中，他给我们讲了一段传说，他说："古代有几个歹徒在乌镇烧杀掠抢，无恶不作，一天，他们想砍掉这棵千年银杏，结果，刀斧未下，一个个却肚痛得滚翻在地了。"听罢，大家都笑了起来。

不多时，夜幕降临，夜色渐浓。茅盾故乡乌镇的市河两岸变得灯火辉煌，犹似夏夜里的银河。这时，四乡的农民结伴进镇看戏、看电影来了，欢笑的人群川流不息。这繁荣的夜市更显示了茅盾故乡的富庶和美丽。

（1982 年）

古诗吟乌镇

像乌镇这样有名的古镇，古往今来，吟咏它的诗可谓汗牛充栋，但至今也没有人整理成册过，散佚得多，保留得少，地方志里偶尔选载的一些诗词，是今天看到的吟乌镇的一部分。这些诗词，虽然没有雅致到流传千古的水平，但大都充满乡土气息，从某些侧面展示文化乌镇的一些特点。这些诗，大都是游记诗，从"过乌镇"这样的题材里，可再见乌镇旧貌、旧景、旧情，也有些诗是咏地点的，如某条街，居住的文人觉得不错，便吟咏小诗传世，寄托其心情。我们不妨先看吟乌镇的诗词。

夜过乌镇

〔宋〕宋伯仁

望极模糊古树林，弯弯溪港似难寻。

荻芦花重霜初下，桑柘阴移月未沉。

恨别情怀虽恋酒，送衣时节怕闻砧。

夜行船上山歌意，说尽还家一片心。

水调歌头·舟过乌戍值雨少憩晚复晴

〔宋〕葛郯

帆腹饱天际，树发渺云头。

翠光千顷，为谁来去为谁留。

疑是吴宫西子，淡扫修眉一抹，妆罢玉奁秋。

中流送行客，却立望层岷。

风色变，堤草乱，浪花愁，跳珠翻墨，轰雷掣电几时收。

应是阳侯薄相，催我胸中锦绣，清唱和鸣鸥。

残霞似相待，一缕媚汀洲。

乌戍道中

〔宋〕楼钥

田在港西家港东，断桥春水步难通。

束芦挟瓮稳来去，不碍小船分钓筒。

乌戍屯兵

〔宋〕立虚舟

乌戍屯兵知几年，到今灵迹尚依然。

春风巷陌多华丽，落日楼台屡变迁。

溪藻影沉思北隐，野梅香动忆西禅。

招毚咒歇神僧去，上智潭空起暝烟。

游乌镇次韵千濑长老

〔元〕赵孟頫

泽国人烟一聚间，时看华屋出林端。

已寻竹院心源净，更上松楼眼界宽。

千古不磨唯佛法，百年多病只儒冠。

相逢已定诗盟去，他日重寻想未寒。

题双溪无住庵

〔元〕释千濑

净澈禅关出世间，闲看飞鸟过檐端。

三生梦醒浮踪妄，四大缘空法界宽。

水绕龙矶腰束带，云笼雁塔顶撑冠。

本来面目元无住，月白风清碧宁寒。

（原注：庵在双溪之左。）

寓青镇

〔明〕高岳

南亭桥下水无波，独客扁舟试一过。

抚景自惭佳句少，思亲还恨别情多。

东风燕子穿花雨，落日渔郎隔岸歌。

即上高篷望西北，青山云影共嵯峨。

夜宿乌镇，有怀同游诸君子二首

〔明〕史鉴

两两归舟晚渡关，孤云倦鸟各飞还。

月明乌镇桥边夜，梦里犹呼起看山。

风荡彩舟明月中，鸳鸯湖上水如空。

城中年少能歌舞，也学蛾眉故恼公。

晚泊乌镇

〔明〕沈明臣

乌溪疏碧水，青汉结丹霞。

编户余诸邑，江村欲万家。

大帆收估客，老树集啼鸦。

我亦来彑棹，行吟到日斜。

泊乌镇不寐作

〔明〕卓人月

逆风逗归期，今夕寄浅港。

月出人不知，闭户若螺蚌。

远寺灯微明，未罢老僧讲。

良久喔喔声，荒鸡引其项。

乌　戍

〔明〕张纲孙

据梧独生漫婆娑，古戍偏令逸兴多。

晓月诸溪连日出，春灯双塔共星罗。

孤怀染翰聊题壁，懒性临觞忽放歌。

丧乱不须搔短鬓，栖迟肯自负长萝。

溯游戍上

〔明〕唐达

轻船六十里晴波，岸岸柔桑绿满柯。

低坐漠然云地隔，香风知是菜畦多。

九月初六日晚望乌戍

〔明〕徐崧

袅袅片帆挂，溪桥路何赊。

浮图识乌戍，水田间渔家。

日落遥村红，孤云变为霞。

茂林何处归，仰见翻群鸦。

夜色觉逾旷，新月舟前斜。

怀张祖望客乌镇

〔明〕沈谦

泽国春残老鹳呼，客亭高枕见蘼芜。

月明双塔休登眺，一夜归心满太湖。

过王氏园壁题

〔明〕祝允明（枝山）

亭子罗春偶一来，将离零落锦葵开。

红颜可惜难持久，白发如何不怕摧。

书剑薄游宽宇宙，峰峦秀列小蓬莱。

绿阴门巷南薰里，喜教流莺侑酒杯。

（注：王氏园即明王济宅后之园）

横山堂小咏

〔明〕文徵明

雨涤山花湿木乾，野云流影入栏干。

泉声漱醒山人梦，一卷残书竹里看。

（注：横山堂即明王济宅）

乌镇酒舍歌

〔明〕瞿佑

东风吹雨如吹尘，野烟漠漠遮游人。

须臾云破日光吐，绿波瘗作黄金鳞。

落花流水人家近，鸿雁凫玖飞阵阵。

一双石塔立东西，舟子传言是乌镇。

小桥侧畔有青旗，暂泊兰桡趁午炊。

入馔白鱼初上网，供庖紫笋乍穿篱。

茜裙缟袂搴帘出，巧语殷勤留过客。

玉钗坠鬓不成妆，罗帕薰香半遮额。

自言家本钱塘住，望仙桥东旧城路。

至正末年兵扰攘，凭媒嫁作他家妇。
良人万里去为商，嗜利全无离别肠。
十载不归茅屋底，一身独侍酒垆傍。
相逢既是同乡里，何必嫌疑分彼此。
小槽自酌真珠红，长床共坐氍毹紫。
捧杯纤手露森森，酒味虽浅情自深。
飞梭不折幼舆齿，鸣琴已悟相如心。
晚来独自登舟去，相送出门泪如注。
他时过此莫相忘，好认墙头杨柳树。

风雨过乌戍

〔明〕陆圻

昨宵泊莺脰，今此近南浔。
四野寒烟重，三江新涨深。
景阳曾苦雨，子建亦愁霖。
何况停桡客，乡思泪不禁。

过乌镇

〔清〕杭世骏

苍凉西北栅，六邑一湾通。
远树归帆隔，斜阳戍垒空。
风流思九老，鹡鸰倚孤蓬。
回首吴趋路，荒荒有朔风。

晚归乌戍道上

〔清〕吴为旦

数声渔唱归遥浦，几点山光映远天。

农刈香粳挑落照，雁冲秋水带寒烟。
螟生野渡村春急，红逗疏林市火悬。
柔橹背摇双塔影，却随新月到门前。

同黄叙九自西塘抵乌戍有作

〔清〕钮琇

石塔东西路，青溪独溯回。
花村渔网集，柳市酒扉开。
鸟背孤帆没，亭分二水来。
倚滩成午爨，欲去更徘徊。

客问吾乡

〔清〕张师范

云际双峰万仞梯，繁花相送到青溪。
酒名短水蚁浮面，径号长林马试蹄。
白娘子桥秋月上，乌将军庙晚鸦栖。
片帆他日能寻访，萧寺唐园醉便题。

（原注：萧寺，梁昭明读书处；唐园即灵水山庄）

晓发乌戍大风过平望

〔清〕厉鹗

落日瞰低篷，睡思纷以积。
隔树鸡乱号，已辞休文宅。
披衣起盥頮，到眼尽前迹。
谁令数往还，自诡非物役。
正赖吴壤佳，关心太湖白。
水黮云兼风，聊阔不为窄。

软浪大于鹅，艓子坐受拍。
银鱼渐上市，橘酒香可圻。
春初人行少，芳意伫遥客。
梦寻铜井梅，簪花去腰笛。

戍上晓发

〔清〕裴承荣

孤舟去不息，离思满江边。
树密笼新旭，江空吐宿烟。
人声分近地，鸟影隔长天。
何处无行役，劳生觉我偏。

古遗巨缸

〔清〕杨 芳

属谁遗弃属谁传，酿酒堪容百斛泉。
想是当年毕吏部，醉来曾卧此缸边。

秋日上智潭观荷

〔清〕鲍正言

古社多幽趣，疏荷水一方。
闲情怀洛浦，半面感徐娘。
风叶云翻墨，秋心子满房。
翛然成小憩，喜尔耐炎凉。

㶉 溪

〔清〕郭以嘉

㶉溪支港杂，吴越水云乡。

野戍余残垒，孤村易夕阳。
年荒成盗薮，夜禁想王章。
寄语贤司牧，通津漫撤防。

　　这些诗词，都是当年这些作者亲临乌镇的亲眼所见和亲身感受。他们笔下乌镇的古树、芦荻、桑柘、小船、碧水、小溪等都已深深地印在脑海里。这些诗词有一个明显的特点，诗人都在客船里看乌镇观乌镇，清人裴承荣的"孤舟去不息，离思满江边"，钮琇的"鸟背孤帆没，亭分二水来"，杭世骏的"远树归帆隔，斜阳戍垒空"，明代徐松的《九月初六日晚望乌戍》中的"袅袅片帆挂，溪桥路何赊"，厉鹗的《晓发乌戍大风过平望》，卓人月的《泊乌镇不寐作》，沈明臣的《晚泊乌镇》，宋人宋伯仁的《夜过乌镇》等，都是写在舟船中的所见所思，把这个宋元明清时期的乌镇，用艺术之笔描绘出来，让人感到月色里的乌镇，野风吹动芦花，远处古树模糊桥影绰绰，一派宁静和古朴。

　　这里，有三个古代名人的诗作留在乌镇的典籍里。其中元代名人赵孟𫖯游乌镇拜访千濑长老的一首，颇有意思，关于赵孟𫖯拜访千濑长老的史迹今已无考，当今所述，大都望文生义而已。但有意思的是，释千濑长老也有一首《题双溪无住庵》诗存世，虽不是写给赵孟𫖯的，但也让人确信赵孟𫖯确实和一个叫千濑的高僧有过交往，这倒可以提供给《赵孟𫖯传》。

　　另外就是江南民间故事颇为盛传的祝枝山、文徵明两位文人墨客在乌镇与王伯雨先生交往时留下的诗作。当时乌镇有一位能诗善文的告老退休回家的州判，这就是王伯雨。王伯雨名济，号雨舟，晚年称白铁道人，其祖上从泗州迁居乌镇，他从20岁入太学，曾任广西横州州判，也曾代理知州，颇有政绩。据说横州原来多盗，王伯雨到任后，大刀阔斧整顿治安，不出一年，风气大有好转，晚年因奉养老母而辞职返故里乌镇。王伯雨家境颇富，但生活节俭，藏书颇多，回乡后将其宅第辟为"横山堂"，常与江南一些文人酬唱品赏书画。其中祝枝山、文徵明两位就是王伯雨的座上客，所以有祝枝山的《过王氏园壁题》，有文徵明的《横山堂小咏》。

乌青镇坊巷

〔明〕赵桓

南昌门来河之西，朱窗碧瓦人家齐，
三桥贯跨雪苕水，七巷远通花柳蹊。
长街迢遥两三里，日日香尘街上起，
南商北贾珠玉场，公子王孙风月市。
东家户向西家门，四时佳气常春温，
吴绫蜀锦店装垛，羌桃闽荔铺堆屯。
安利桥南五色景，呈奇蓍贵诸般并，
敲锣担杂卖花声，招酒旗兜擎伞顶。
菡萏轩东锦绣窝，日行车马夜笙歌，
独数屠家六杉老，清幽爱植梅花多。
纷纷碌碌繁华类，别有高人结书会，
南斋清远讲儒文，北斋小说商诗经。
西寺巷北大街头，彩霞香拥太平楼，
鸾讴凤舞戏台作，月色花影勾栏收。
北瓦子连南瓦子，李娟张态夸娇比，
八仙楼与天隐楼，银筝象板温柔里。
辘轳井巷号甘泉，西入游人观白莲，
花街柳陌盛何处，波斯巷里南栅前。
更爱众安桥境好，一巷桃花绚春早，
落红流出翠波来，十字漾里胭脂绕。
桥南有巷周家名，过客时闻钟磬声，
南亭高驾东西岸，亭前南望是登瀛。
我家原在坊中住，香水巷边华丽处，
自惜弹琴写画情，意向南昌门畔去。
富春桥头松竹园，路入常春坊接连，

左邻右舍青帘肆，门前日泊卖鱼船。
读书种菊头半白，感叹前时旧踪迹，
近来赐我大明朝，礼乐衣冠过似昔。
（注：常春坊自南栅西街至安利桥）

仁里坊诗

澄江西岸称仁里，井闬千门接街市，
七桥三巷远经过，直从安利桥头至。
安利桥头当市心，西过茗城东携李，
六街三市斗宝边，百铺诸行闹花里。
包荷裹蒻行远人，怀铅提椠来佳士，
沈三食店号楼南，四时珍品夸奇美。
茅家巷边普宁桥，春风秋月人烟饶，
璃萧锦瑟画楼暮，金鞍绣轿香街朝。
行过黄家板桥北，裴府长廊蔽红日，
廊下轻尘远马蹄，廊前垂柳涵溪碧。
石桥连下狮子名，今何平地桥上行，
当时必通西池水，酒船载出笙歌声。
梯云北接桃花寨，董昌兵甲戈矛快，
翻成胜地作精严，普陀岩畔潮音湃。
北庄门第张循王，庄东大街庄西乡，
年年三月逢岳社，朱衣画袴来轩昂。

通雪坊诗

安利桥西通雪坊，弓弦街衢三里长，
南厢绣幕春风暖，北壁瑶台夏雨凉。
十条巷北通乡野，探梅斗草经行处，

六桥流注碧玻璃，尽从分水墩头去。
鸡肥米白盆鱼鲜，山收海贩来远船，
四方客旅云屯集，一带居民星密连。
茅家巷里秋光丽，芙蓉酒馆秋娘媚，
钱家桥北左藏园，荷池花榭笙歌沸。
金鼓桥边沈侍郎，奇峰异卉百花庄，
西邻正近颜尚书，流杯亭上红霞光。
通安桥西丁太尉，府与河南酒务对，
风轻日午杏花天，玉骢驮过游人醉。
斗门巷去近南河，漏泽院里青松多，
二桥水抱黄金地，优昙花畔诵弥陀。
昔年风景皆迁改，寺门府第今何在？
惟有西来水久流，夕阳依旧渔舟载。

（注：通霅坊自安利桥入西至通霅门）

袭庆坊诗

一坊风俗半禅宗，日日氤氲瑞霭浓，
乌奖祠茔千载甲，沈侯楼殿五更钟。
镜磨上智潭中水，翠剪明堂巷口松，
从古毵毵投社客，每来兹地卓鸠笻。

（注：袭庆坊自广济桥至乌将军庙）

积善坊诗

丹霞绿雾影参差，积善多因应瑞奇，
元祐桥头藏碧藕，福田寺后产金芝。
缁僧归去龙常护，羽客行来鹤自随，
堪笑无人如子产，西风冷落放生池。

（注：积善坊自广济至微庙前）

宁秀坊诗

南昌门进岸之东，宁秀坊里居民丛，
朱门画戟太师府，雾阁云窗崇福宫。
宫桥流水凝秋碧，日日商船桥下出，
春风三月玉珂鸣，半夜南堂往来客。
左连华厦右连楼，坊宁俗秀春复秋，
鱼行酒肆市声杂，墨铺书坊人物稠。
颜家巷口临阛阓，何家经堂法华会，
常丰桥下太平时，弦歌声催人乐醉。
物换星移水旧流，追思往事心生愁，
何不存留罗汉洞，老夫笑挟醉僧游。

（注：宁秀坊自南昌门至常丰桥）

熙和坊诗

澄江东岸号熙和，绵沿直抵常丰坡，
三桥九巷闾阎密，西舍东邻屋第多。
大街转东是东寺，工塔晨钟聒人睡，
兴德桥头总绮罗，花粉巷里皆珠翠。
席行莱市闹喧哗，上坊酒对下坊茶，
靠水轩窗昼双陆，傍街楼阁夜琵琶。
奉真道院繁华里，北去南来人如蚁，
北牙秀水早春鹅，南铺高田早秋米。
广安桥上六月凉，凉风吹出荷花香，
荷花香水绿绕岸，朝朝舴艋卖鱼郎。
熙熙和和风景美，唐时衣冠宋时礼。

以上这些"坊巷诗"，也是乌镇所特有。"常春坊""仁里坊""通霅坊""袭庆坊""积善坊""宁秀坊""熙和坊"，古时的所谓"坊"，相当于今日的街道。不知是当时的风俗呢还是当时那些文人自作多情，"坊巷诗"大多是赞美本坊历史和现实。从这些"坊巷诗"的字里行间，看到的是"唐时衣冠宋时礼"的情景，是"弦歌声催人乐醉"的场面，但也有"惟有西来水久流，夕阳依旧渔舟载"的感叹。不过今天读这些"坊巷诗"，却另有一番感慨，可见今天的社区文化、街道文化，古已有之，弘扬地域文化，用"坊巷诗"的形式，恐怕只有在乌镇这样的地方的古人做得到。我没有考证乌镇的"坊巷诗"形式是不是其他的中国古镇上也有，倘若没有，则可以说社区文化在明朝时就在乌镇出现了，在全国都领先呢。当然，这是我读过乌镇"坊巷诗"的一种猜测。

双溪棹歌

〔清〕陆世埰

双溪环合一河通，西岸乌程东岸桐。

只有儿家无系著，船头随意泊西东。

（原注：镇水发源于天目，历苕霅两溪，自西南由市河而往东北。

河之西属乌程曰乌镇，河之东属桐乡曰青镇）

吴歌四起木兰艭，水阁齐开蠡壳窗。

试唱望江南一曲，澄江北去即吴江。

（原注：镇有四门，北曰澄江为吴江县界）

十里衣香掠翠波，桥南桥北落花多。

芙蓉浦畔侬家住，不到花时客也过。

（原注：翠波、南花、北花并桥名；芙蓉浦，陈简斋读书处）

天花飞下说经台，望佛桥边打桨回。

但愿郎如福田佛，春潮入夜忽浮来。

（原注：福田寺，梁刹，有三石像，相传为水面浮来）

玉香径外画船停，六幅裙连草色青。

斜日匆匆同伴散，一杯独自酹湘灵。

（原注：玉香径在普静寺，寺后有湘楚二姑墓）

荷花池口叶田田，十五渔娃学采莲。

只欠仙郎吹铁笛，与侬谱出想夫怜。

（原注：荷花池，宋沈东泉凿；仙桥野笛，宋人所定八景之一）

斜日鸬鹚接翅飞，荻花如雪扑罗衣。

郎船一夜乡思起，娘子桥边缓缓归。

（原注：乡思，桥名，在白娘子桥北）

生小擎舟学钓徒，斜风细雨入菰芦。

侬家不种瞒官糯，菱角鸡头抵水租。

（原注：瞒官糯，稻名，因可代糯输租，故名）

太师桥下棹归航，片片银鱼雪满筐。

不及烂溪霜后蟹，桃花醋捣紫芽姜。

（原注：银鱼出太师桥左右数弓之地；蟹出烂溪，霜后者佳）

木棉花落棉车忙，红莲稻熟酒车香。

西庄南庄教妾织，长水短水劝郎尝。

（原注：西庄南庄布名，长水短水酒名）

双溪竹枝五首

〔清〕施曾锡

苕溪清远秀溪长，带水盈盈汇野塘。

两岸一桥相隔住，乌程对过是桐乡。

烟笼古寺东西塔，香绽名华南北桥。

往事只今空寂寞，行人犹自话梁朝。

（原注：东塔寺曰寿圣，西塔寺曰白莲，南花、北花西桥名并萧
梁遗迹也）

转船湾水秀而清，一道辛龙最有情。

闻说向时湾下路，沿街不断读书声。

（原注：转船湾当镇之中，谓辛水一支至此而结，为两镇文秀所
聚）

春风吹断卖饧天，蒨袂红裙共斗妍。

年例烧香官不禁，东家新钉燕梢船。

（原注：镇俗清明节后，乡人多于普静等寺进香，以祈蚕谷）

双桨轻帆拨短航，箸兜裹饭出乡忙。

今年布价新增贵，都上京庄与建庄。

（原注：近镇妇女俱以织为业，京庄建庄各省收布庄也）

　　咏乌镇的《竹枝词》和《双溪棹歌》，都是乌镇本地人所作，这些诗词，文
词明白晓畅，诵唱朗朗上口，还把乌镇的地理特征、特产风物流传了下来，如
陆世垛先生的棹歌里："太师桥下棹归航，片片银鱼雪满筐。不及烂溪霜后蟹，
桃花醋捣紫芽姜。"上两句写了太师桥下捕银鱼一事，银鱼是太湖的特产，据
说太湖银鱼游过南浔，一直到乌镇北栅外的太师桥为止，再也不往南边游，

所以，捕银鱼到太师桥即可；下两句说那时吃湖蟹时的作料，用紫芽姜捣碎后放进桃花醋里，这种吃法至今不变。施曾锡的竹枝词也同样如此："两岸一桥相隔住，乌程对过是桐乡。"这样的句子，短短十四个字，便把乌镇一河两镇的特点给写了出来。两位词人都是在外做官的文化人，陆世埰是乾隆十五年的举人，后来告老还乡；而施曾锡早年在北方做幕僚，后来也是辞官归里修家谱，做些地方善事。

南天竹与白杨树

2016 年是文学巨匠茅盾先生诞辰 120 周年，也是他逝世 35 周年。20 世纪的人们站在茅盾故居，以自己随想的方式怀念这位为中国新文化事业做出巨大贡献的伟大作家。

茅盾故居有两处，一是他的出生地浙江乌镇观前街 17 号，二是他晚年的居住地北京后圆恩寺胡同 13 号。两处茅盾故居都是中央认定的。1896 年 7 月 4 日，茅盾出生在浙江乌镇观前街 17 号一座普普通通的临街楼上。这是一座当地风格的房子，临街坐北朝南四开间二层楼，中间有两个小天井，后面也是四开间两楼两底的房子，再后面是一个当时茅盾家里开纸店用的堆货仓库。就这么普通的房子，是当年茅盾的曾祖父沈焕在广西梧州税务局长位子上汇银子回来让儿子造的，想自己告老还乡回乌镇时也好有个住的地方。当时大儿子沈砚耕对此似乎不大热心，见观前街有人要卖房子，他看过以后，认为新造不如新买，省心省力，只要买来后再部分翻修一下就行。于是，在茅盾出生前十五六年光景，茅盾的祖父沈砚耕用他父亲汇过来的银子，盘下了这座四开间两进两层楼民居，稍加修葺，应付着作为沈家的新居。

茅盾家是个大家庭，祖辈父辈兄弟姐妹多，曾祖父在世，大家都住在一起，虽不能说和谐相处，但也风平浪静。茅盾祖父辈有三男一女，茅盾父辈有四男二女，所以当时这四开间两层两进的房子，沈家都住得满满的。因此，茅盾出生后不久，曾祖父沈焕回来一看，很不开心，这位见过世面、靠自己奋斗创业的商人兼官员，认为几个儿子没眼光、没出息，买了这么一座普通房子。所以，郁郁寡欢的曾祖父回乌镇没有几年，就在这故居新宅里撒手西去。茅盾当时只有 4 岁，印象不深。后来听父母讲起这位曾祖父的故事，从小就在心里敬佩这位独闯天下的曾祖父。茅盾的祖父沈砚耕虽然为秀才，但是个乐天派，为人豪爽又不喜用心用功，大有顺其自然的乐天心态。他在对待儿孙教育上也如此，认为"儿孙自有儿孙福，不为儿孙作牛马"。所以，在家里办个私塾，让他教这些孩子，也是三天打鱼两天晒网，让茅盾的父亲沈永锡感到无奈。茅盾的父亲沈永锡是有维新思想的年轻知识分子，他有忧国忧民的情怀，有个人努力奋斗的理想，他还参加了1902年的乡试，但是沈永锡34岁即抱憾去世，当时茅盾10岁，茅盾的弟弟沈泽民才6岁，所以，之后这观前街17号老屋里发生的一切，都要靠茅盾的母亲陈爱珠来担当。

所幸，乌镇观前街17号这老屋里的女人们，历来都长幼有序，果敢贤惠。茅盾的曾祖母王氏，是乌镇书香门第的人，她的侄儿王彦臣，后来教过茅盾，王彦臣的女儿就是后来为中共一大服务的王会悟。这位曾祖母在丈夫去世后立即给几个儿子分家，当时茅盾曾祖父名下有三处房产，除观前街17号外，在乌镇北巷还有两处，于是让三个儿子拈阄儿。据说，茅盾的祖母高氏偷偷地跑到公公的灵前祷告，希望能拈得观前街住了多年的老屋。后来竟如愿！当时曾祖母王氏分家停当以后，当着三个儿子和儿媳、孙辈的面说，自己留着两千两银子，留给儿孙们以后给自己办后事，她说："我百年之后，你们做儿子的，就尽这两千两光景办吧，你们愿意办得好看些，行；愿意省俭些，也行。有余钱，你们三家分了吧。"一席达观而又果敢的话，让儿孙们都十分信服。曾祖母同时还宣布，她仍住观前街老屋，不吃轮家饭，她日常费用自有准备，不用儿子们操心，所以，连茅盾的母亲都非常佩服，茅盾在回忆录中说："我母亲一向很佩服曾祖母办事果断，胸有成竹。曾祖母的卧房搬到前楼，就在母亲卧房隔壁。我的母亲常到曾祖母房里闲谈。曾祖母过世时，我大约六岁。"

茅盾祖母高氏的性格与曾祖母王氏不同，她是乌镇东栅外农村一个地主的女儿，嫁到乌镇沈家后，依然保持农村那种勤俭，虽说是地主的女儿，估计还是亲自下地劳作致富的那一种人家。当她看到观前街老屋后面仓库边上有块空地时，便搭个猪舍，开始养猪；每年清明以后，她便开始带领女儿们养蚕，后来茅盾的父亲生病，高氏还到城隍庙去许愿，让孙子茅盾去扮"犯人"

随城隍菩萨出巡活动。因此，祖母的农家本色，让童年时代茅盾的生活充满小镇农家生活气息。至于茅盾的母亲陈爱珠，是乌镇一个名中医的女儿，她天资聪颖，知书达礼，14岁前随秀才姨夫读书，14岁以后回家帮助老中医父亲料理家务，管理得井然有序。19岁嫁到沈家，在沈家相夫教子。茅盾的父亲去世后，陈爱珠在观前街老屋第二进楼下设简易灵堂，供一对花瓶，自己写了一副对联，挂在丈夫遗像两边，表明自己的心志：上联是"幼诵孔孟之言，长学声光化电，忧国忧家，斯人斯疾，奈何长才未展，死不瞑目"。下联是："良人亦即良师，十年互勉互励，霍碎春红，百身莫赎，从今誓守遗言，管教双雏"。双雏，是指10岁的茅盾和6岁的茅盾弟弟沈泽民。

也就在这普通小镇寻常百姓悲欢离合的老屋里，少年茅盾写出了让人惊叹的作文。这些作文说古论今，头头是道，有史料、有观点、有立场，字里行间满满的是一个当以天下为己任的少年的抱负。所以，无论策论还是史论，让当时清末的国文老师每每读到少年茅盾的作文而情不自禁击节赞叹，写下自己的感受和赞许，比如《宋太祖杯酒释兵权论》一文中，有眉批有总评，最后写下"好笔力，好见地，读史有眼，立论有识，小子可造，其竭力用功，勉成大器"的评价，给老屋昏灯下写作文的少年茅盾极高评价和期待。在《有不虞之誉，有求全之毁论》中，老师称赞少年茅盾的这篇作文"扫尽陈言，力辟新颖，说理论情，两者兼到"。这样评价一个少年学生的作文，恐怕几百年来少有。在一篇评论当时清政府学部定章的作文中，老师表扬少年茅盾"生于同班年最幼，而学能深造，前程远大，未可限量！急思升学，冀着祖鞭，实属有志"。老师从茅盾的作文中看到一个前程远大、未可限量的文坛巨匠的端倪。另外还有不少至今看来仍然让人惊讶和怦然心动的评语，其中有三篇作文的评语不能不看，一篇是少年茅盾写的《文不爱钱武不惜死论》，老师给这篇作文的评语是："慷慨而谈，旁若无人，气势雄伟，笔锋锐利，正有王郎拔剑斫地之慨！"另一篇是《信陵君之于魏可谓拂臣论》，老师称赞这篇作文"笔意得宋唐文胎息，词旨近欧苏两家，非致力于古文辞者不办"。这样的评价，恐怕古典文学博士生也不一定会得到，但住在乌镇观前街17号的少年茅盾得到了。还有一篇《秦始皇汉高祖隋文帝论》，老师审读后欣喜莫名，写下："目光如炬，笔锐似剑，洋洋千言，宛若水银泻地，无孔不入。国文至此，亦可告无罪矣！"一个国文老师见到这样水平的学生，能不欣喜吗？

20世纪前半叶，在观前街17号茅盾家老屋里，少年茅盾每天进进出出生活了十多年，写出了震惊世人的作文，也留下了当年老师的期许和肯定。所以，茅盾的整个童年、少年时代都和这座今天看来普通平常的房子有着血肉般的感情联系，永远无法割舍。

在20世纪30年代，茅盾的名声如日中天的时候，他曾为了母亲的安静，也为自己避开上海世俗的喧嚣，几次回到乌镇，与母亲商量，将老屋后面的栈房改造一下，作为书房兼卧室，这样比住在临街楼上清静得多。于是，1934年春天，茅盾与沈家老伙计黄妙祥商量改造平房事宜，黄妙祥带了施工人员到现场一看，说要彻底翻造，不能修修补补。茅盾正在犹豫时，黄妙祥又劝说茅盾，趁目前木料砖瓦等建材价格低廉，泥师、木匠都没有"生活"，赶快改造吧。茅盾被黄妙祥说动了，就委托黄妙祥操办，自己花半天时间画了草图。不料，在翻造过程中，黄妙祥的造价不断追加，竟然比开始时说的价格翻了一番。平房造好后，茅盾在1936年两次小住。在平房的院子里，虽然安静但没有阳光，所以，茅盾的母亲就种些花草，做些点缀，其中就有一丛如今仍茂盛的南天竹。

这丛茂盛的常绿灌木南天竹，在平房的院子里默默地注视着茅盾故居的变迁，1940年4月茅盾的母亲在乌镇去世后，遮断了茅盾与故乡的联系。但茅盾对于故里，虽不能回来，仍魂牵梦萦，所谓"千里迢迢的远隔，从未遮断我的乡思"，恐怕就是茅盾真实的心声。1977年，茅盾健在时，乌镇当地政府就对茅盾1934年修建的三间平房进行整修改造，竟然发现40多年前新造的平房用料十分简陋，而当年价格却一再加码，看来施工队趁主人不在，也偷工减料起来。这是当初花了大价钱修造的茅盾所没有想到的。而后来栽种的南天竹，却见证了茅盾的孝顺，见证了茅盾在平房里写作中篇小说《多角关系》的身影，见证了茅盾没有回来的乡愁。记得1983年落架整修观前街茅盾故居时，茅盾故居内有 11 户居民，从动员到搬迁只用了一个多月时间，1985 年 7 月 4 日，茅盾故居修葺完成，正式对外开放。此后，乌镇茅盾故居成为桐乡的一张金名片。不信？乌镇茅盾故居里的南天竹可以作证。

乌镇茅盾故居是一代文学巨匠诞生的地方，是茅盾人生的起点。而北京后圆恩寺胡同 13 号的茅盾故居是茅盾长长一生的终点。在这座小四合院门口，有两棵挺拔的白杨树，像卫士一样，守护着这座古宅。茅盾从 1974 年至 1981 年间在此工作、生活和写作。粉碎"四人帮"后，茅盾在这里度过他晚年最忙碌和充实的日子。那时，在这四合院门口，虽没有车水马龙、权贵盈门，但四合院内常常高朋满座，国外的文学研究者来了，国内的文学爱好者来了，劫后重逢、几十年不见的老朋友也来了。1980 年，巴金在去日本访问前在孔罗荪的陪同下，在茅盾书房里聊了很久，他们是半个多世纪的朋友，但巴金仍然称茅盾为"沈先生"，巴金后来说："30 年代在上海看见他，我就称他为'沈先生'，我这样尊敬地称呼他一直到最后一次同他的会见，我始终把他当作一位老师。"丁玲历尽磨难，1979 年 5 月从北大荒回到北京，就去后圆恩寺胡同 13 号看望半个世纪前的老师，看望这位文坛老前辈，据说当时见到丁玲，茅盾非常高兴，仿佛有聊不完的话，连约好的作协外事部门同志来向他汇报，他都让他们等等，他还要和丁玲说说话。此情此景，门前的白杨树也会动情。是的，茅盾在后圆恩寺胡同 13 号生活期间，有不少 20 世纪的名宿、硕儒光临，诗人田间来了，多年不见，茅盾一见面，就主动叫出田间的名字，田间惊呆了，茅盾却笑了："怎么会不认识呢？"沙汀来了，茅盾放下正在写回忆录的笔，气喘吁吁地和沙汀谈纪念鲁迅的工作，让沙汀感动莫名。陈白尘来了，茅盾拄着拐杖，由服务员搀扶着挪步而出时，陈白尘敬重和感动得恨不得赶快逃走，但茅盾仍和陈白尘在会客室谈了一个多小时。这些都是茅盾的晚辈作家、学者，但也都是学富五车的文人！后圆恩寺胡同 13 号院子门口的白杨树还记得，院子里的葡萄藤架也记得，蹒跚的茅盾常常从后面的书房兼卧室里出来，接待国外的研究者，如法国的苏姗娜·贝尔纳、日本的松井博光等。苏姗娜·贝尔纳曾回忆："1978 年和 1979 年中，我几次会见了茅盾：我有幸被邀到他府上，两次长谈，并做了录音。在法国，我也曾与许许多多的艺术家、画家、作家及知识界人物有所接触，其中也有知名之士，但我得承认，他们任何一位，也没有给我留下像茅盾那样的印象。""谈笑有鸿儒，往来无白丁"，茅盾住的后圆恩寺胡同13号里，往来的确确实实都是饱学之士，所以在他晚年居住的这个地方，给这位文学巨匠带来了欢乐和充实。当然，也有为国担忧的时候，在1976年10月之前的日子里，茅盾住在后圆恩寺胡同13号的四合院里，从儿子、儿媳那里了解外面世界的风云变幻，1976年1月，了解茅盾的周恩来总理走了，茅盾听说后老泪纵横。同年夏天，朱老总走了。当年9月，毛泽东主席走了。这些当年一起干革命的共和国领袖在1976年同一年逝世了，让茅盾这位中国共产党最早的党员之一、共和国的部长、文学巨匠忧心如焚，担心国家、民族的前途，他拖着蹒跚而沉重的脚步分别去向共和国的这三位领袖送别。此后，茅盾在后圆恩寺胡同13号的四合院里，不见外人，"他在静观，在等待"。茅盾的儿子韦韬先生这样概括茅盾在1976年10月之前的状态。

四合院的春天来了，葡萄架上的葡萄绽出新绿，门口的白杨树也随着气温转暖，回黄转绿，趁人不注意时，立刻又遮阳蔽日，遮挡着13号门牌的红漆大门，目送着茅盾的小轿车静静地来，又悄悄地走，这不是去参加国务会议，而是耄耋之年的茅盾去医院。白杨树下四合院悄无声息的状况，直到1976年10月粉碎"四人帮"后才结束，茅盾是相信社会发展规律的，"四人帮"倒行逆施，覆灭是必然的。内心欣喜的茅盾在四合院的书房里，常常情不自禁地写起诗来，如："蓦地春雷震八方，兆民歌颂党中央。长安街上喧锣鼓，欢呼日月又重光。"更为重要的是，这位文学巨匠在这个逼仄的胡同里，思考着中国文学的发展和未来，茅盾曾在这里给中央写报告，呼吁为文艺界的作家、艺术家洗冤平反！亲自动手写《解放思想，发扬文艺民主》的文代会报告，为文艺界拨乱反正振臂高呼，带头解放思想。1979年8月，茅盾为新创刊的《苏联文学》写过一首《西江月》，词中写道："形象思维谁好，典型塑造孰优。黄钟瓦釜待搜求，不宜强分先后。泰岱兼容抔土，海洋不择细流。而今借鉴不避修，安得划牢自囿。"这是写于 1979 年 8 月的词，虽有年代印记，但解放思想的观点，依然还是让人值得点赞的。

后圆恩寺胡同 13 号这座在京城貌不惊人的四合院，还诞生过一部茅盾回忆录。1976 年，八十高龄的茅盾开始动手整理资料，回顾自己走过的道路，写自己一生中所见所闻所做，给后人留下一部 20 世纪风云激荡的回忆录。这也是茅盾解放思想的体现，当茅盾开始写回忆录后，中国文坛的回忆录如雨后春笋。从某种意义上说，茅盾是现代文学回忆录的开拓者。茅盾写回忆录是用生命在写的，他那如椽之笔写的最后的文字就是他的回忆录。1981 年 2 月 18 日，茅盾修改完"亡命日本"一章后，就住进了医院，离开后圆恩寺胡同 13 号这个四合院，从此再也没有回来。1981 年 3 月 27 日早上 5 时 55 分，一代文学巨匠、中共早期党员之一茅盾走完了他 85 年的人生道路。而大门口的白杨树再也看不到茅盾书房里写回忆录的灯光，再也看不到全国各地文学敬仰者来这小胡同拜访茅盾的热闹情景了。

但是，斯人已逝，光辉永在。北京故居里这位文学巨匠那种睿智、开明、渊博的气息还在，这正和乌镇观前街 17 号的茅盾故居一样，少年茅盾当年在沈听蕉老师陪同下，站在天井里听沈老师与楼上窗口边的母亲对话的情景还在，当年的南天竹还在！一句话，茅盾的精神还在！茅盾故居，无论是北京的还是乌镇的，一代伟人住过并留下巨大精神财富的地方，是传承文学巨匠精神的圣地。

茅盾故居是中国很不一般的地方。

乌镇过年

春节是中华民族最隆重、最全民的喜庆节日。但是俗话说，"千里不同风，百里不同俗"，江南水乡乌镇的春节以它独特的文化魅力、深厚的历史积淀、悠久的民俗传统，让这个水乡古镇拥有了独特韵味。

腊月江南水乡已进入寒冬时节，乌镇四乡农村的收割已经完成，冬种也已结束，春耕尚未开始，整个水乡进入一年之中最为休闲的季节。暖暖的阳光轻轻地洒进乌镇的每条街巷，随之过年过节的气氛也渐渐浓烈起来，农民开始洗刷放在墙边闲置一年之久的石臼及舂年糕的臼柱，新收的糯米刚刚从米厂运回，新糯米舂出来的年糕又糯又白又香。年糕还没有打完，家家户户又在开始酿米酒，准备过春节时招待客人、等待亲人。此时的江南乌镇四乡，酒也香，米也香。镇上南货店的老板正在全力准备年货，乌镇是水乡，水乡没有山，一马平川，河流纵横，因此年货中如山核桃等山货颇受百姓欢迎，连用山货做作料的桃片糕也合当地百姓的口味。本地的三珍斋、姑嫂饼也是必备的年货。因而，无论何处，节日氛围随着春节的迫近日愈浓郁，祥和、喜庆的气氛已经轻轻地笼罩着水乡乌镇。

以农历腊月廿三为起点，乌镇过年进入倒计时。按千余年来的风俗，这天是送灶日，家家户户用新酿的米酒、新春的年糕，以及糖果和送灶圆子祭灶君菩萨，祭过之后从灶龛中请出已供奉一年之久的灶君，送至大门外的自家场地上进行焚烧，送灶君菩萨上天去述职。传说灶君菩萨常住寻常人家，能洞察众生善恶，所以送灶君菩萨上天时，希望灶君菩萨"上天言好事，下界保平安"，特地在灶君菩萨的嘴上粘些饴糖，这样开口就甜。另外，农历腊月廿三这一天，还有家家烧糯米饭的习俗，开锅第一碗糯米饭盛好后放在灶君菩萨面前，这既是孝敬也是有些让灶君菩萨粘住嘴巴的意思。同时，为了欢送灶君菩萨上天，人们还用常青树如松柏的枝叶搭一个常青棚，用三根竹竿撑着，十分牢固，放在家门口的窨地边上，一直放到大年初一清晨。

随后的几天，无论是乌镇农村还是乌镇镇上，都开始大扫除。江南老屋厅堂比较高大，人们使用竹竿竹叶扎成丈余高的大扫帚进行清扫。门窗、桌椅凳及厨房里的碗橱等都打扫干净，连天井里的污泥也被清扫一空。这几天的乌镇农村里，杀猪宰羊，引得小孩们整天乐颠颠地满街满村跑。在忙碌和兴奋里将过年、过春节的气氛渐渐推向高潮。

除夕前夜又称小年夜，这一夜要拜年利市。每家每户都要置备丰盛的酒菜，焚香点烛，供奉利市马幛。供品中除了干果糕点外，主要还有猪头一个（但不叫猪头，叫"利市头"），全鸡一只，活鲤鱼两条。祭品上，都用四方形小红纸贴着，以取年年有余和喜庆之意。第二天，即除夕夜，家家举宴，但先祭拜列祖列宗，焚烧纸钱，八仙桌上两侧摆放几十个酒盅和几十双日用竹筷，点上香烛，然后家中男人包括男孩逐一跪拜。酒过三巡，将祭品收起，重新烧菜温酒，长幼老少开始上桌团聚，俗称吃年夜饭。席间小辈向长辈敬酒，吃罢年夜饭，长辈给小辈分"压岁钱"。然后一家人聚在一起喝茶聊天，一起守岁，待到子时，即零时，爆竹声此起彼伏，迎接新年！然后重新摆起供品，点起香烛，置备新灶君马幛，祭祀后送入灶龛供奉，谓之接灶。而此时已是大年初一，晨曦初露，善男信女早已结伴去附近寺庙烧头香，祈福祈平安，祈求国泰民安。

正月初一称年初一。乌镇风俗，清晨起来，吃糯米圆子，里面是些许馅，又糯又甜又清口。然后小孩着新衣、穿新鞋，床头放着"寸金糖"，取称心如意、甜甜蜜蜜之意。头天晚上睡得早没有取到压岁钱的孩子，长辈给的压岁钱已在枕头底下，顺手一摸，就可取到。但长辈们怕小孩年初一见人说话口无遮拦，常常趁小孩在穿衣时，用一张草纸先在小孩嘴上抹一下，而这正是小孩最不愿意的，但抹过以后，小孩年初一说话就不算数了。

乌镇过年的气氛持续时间比较长，从年初一开始到初十乃至正月半，都是走亲戚的日子。年初一至年初三小辈给长辈拜年，新女婿携新婚妻子去拜

乌镇小景

见岳父岳母等长辈，外甥去给舅舅姑父姑妈拜年，给外公外婆拜年。然后是平辈互相拜年，再后面，规矩就不大讲究了。旧时有"拜年拜到正月半，烂糖鸡屎炒青菜"的说法，意思是鸡鸭及大块红烧肉已经吃光，到后来只能炒青菜招待来走亲戚的客人了。年初四晚上，乌镇有迎财神会，十分热闹，店铺有吃财神酒、接五路财神等风俗，店主有犒劳慰问店员的意思。年初五，镇上商店一律照常开门营业，春节毕竟是小镇商机最浓、生意最好的时节。

斗转星移，时光流逝，新世纪的乌镇在保留许多民俗的同时也创新了许多风俗，春节里商店不放假，生意不放松。初一至初三，老板让员工轮休，外地员工回家团聚，本地员工紧一紧加个班，甚至老板自己也充当一回服务员。初四新员工来报到，晚上财神酒改为见面酒，新老员工举杯欢饮。新春佳节，乌镇茅盾故居修贞观广场上的戏台十分热闹，上午下午都有本地桐乡的花鼓戏演出；皮影戏也是乌镇的一种传统文化，这种乡土特色的演唱，耐人寻味，让人听着想象着千年旧俗。新世纪的乌镇风俗有所变化，但不变的是，春节里照样热闹、照样游人如织！

乌镇过年，实在是一场文化大餐，寄寓着辞旧迎新、不忘根本、欢乐祥和、安居乐业、国泰民安的民族文化意蕴。　　　　　　　　　　（2006 年）

乌镇：茅盾的乡愁

　　一个地方的文化，是由多方面的内容组成的，包括养育一方人的山道、水系、树木、房子、小桥、阳光、空气、语言、农作物以及宗族等，而其中最具代表性的，是这个地方的地名。凡是在外地工作生活时间久上了年纪的人，一听到家乡的地名，立刻会调动起自己的所有记忆和经验，脑海中浮现出故乡的形象，心中透出一股浓浓的乡愁，久久停留，一生都挥之不去。一代文学巨匠茅盾也同样如此。

　　茅盾是地地道道的乌镇人，他出生在乌镇，童年和少年时代在乌镇生活，耳濡目染的都是故乡乌镇的文化。他晚年在《可爱的故乡》一文中写道："我的家乡乌镇，历史悠久，春秋时，吴曾在此屯兵以防越，故名乌戍，何以名'乌'，说法不一，唐朝咸通年间改称乌镇。"还说："乌镇在清朝末年是两省、三府、七县交界，地当水陆界，地当水陆要冲。清朝在乌镇设同知，俗名'二府'，同知衙门有东西辕门，大堂上一副对联是'屏藩两浙，控制三吴'，宛然是两江总督衙门的气派。镇上古迹之一有唐代银杏，至今尚存。"后来，茅盾外出读书，1916年从北京大学毕业后去上海商务印书馆工作，他开始接手主编《小说月报》时，参加共产党，成为中共最早的党员之一。大革命失败后，他写了《蚀》三部曲，就流亡日本，回国后他先后创作了《子夜》等现代文学史上的经典小说。抗战爆发，茅盾离开上海，为抗日、为革命奔波在全国各地，1940年4月茅盾的母亲在乌镇去世以后，茅盾就再也没有回到故乡。新中国成立以后，茅盾担任新中国的文化部长，日理万机，加上政治运动不断，茅盾无暇回故乡乌镇，但是，听到"乌镇"两个字，听到故乡的消息，"总想回去看看，可又总是受到各种意外的干扰，其中就有'文化大革命'的十年浩劫。然而，漫长的岁月和迢迢千里的远隔，从未遮断我的乡思"。（茅盾语）

沈家会客的地方

　　其实，茅盾这种时间遮不断的乡愁，在他离开故乡的那一刻就开始有了。20世纪二三十年代茅盾在上海生活，每年的清明，总要回乌镇扫墓。他从上海出发，坐火车到嘉兴，然后换乘轮船回故乡乌镇。当时从上海到乌镇，途中足足需要走一整天。回到乌镇，一般已经是晚上掌灯时分。因此，茅盾在嘉兴坐上去乌镇的轮船，听到乌镇家乡人的土话，望着运河两岸熟悉的水田、桑地等自然风光，常常为浓浓的乡情所包围。他在《故乡杂记》中就曾描述过自己坐轮船回乌镇，在乡音里闲聊的感受，说正在注意观察的茅盾突然在乡亲的议论中插了一句乌镇的土话，顿时，"大家都愕然转眼对我看，仿佛猛不防竟听得一个哑子忽然说起话来。并且他们的眼睛里又闪着怀疑的光采，我看出这些眼睛仿佛在那里互相询问：他不是什么党部里的人罢？但幸而我的口音里还带着多少成分的乡音，他们立即猜度我大概是故乡的一大批'在外头吃饭'的人们之一，所以随即放宽了心了。问过我的'贵姓'以后，他们又立即知道我是某家的人，'说起来都是很熟的'"。然后，这些乡亲又和茅盾聊起茅盾老家里上辈的往事来了。这对在外面工作的人来说，是难得的机会，所以茅盾当时觉得，"这些，我也乐于倾听"。故乡的往事，给年轻的茅盾很多灵感，30年代茅盾创作了《林家铺子》《春蚕》等经典小说，茅盾把乡愁化为作品奉献给社会。后来，抗战开始，茅盾奔波在西北大地，远离乌镇，但是茅盾对故乡依然魂牵梦萦，故乡的名、故乡的水、故乡的船以及欸乃的橹声，常常出现在文学巨匠茅盾的乡愁里。他在《大地山河》中以带点自豪的口气说："住在西北高原的人们，不能想象江南太湖区域所谓'水乡'的居民的生活；所谓'暮春三月，江南草长，杂花生树，群莺乱飞'，也不是江南的'水乡'的风光。缺少那交错密布的水道的西北高原的居民，听说人家的后门外就是河，站在后门口（那就是水阁的门），可以用吊桶打水，午夜梦回，可以听得橹声欸乃，飘然而过，总有点难以构成形象的罢。"

我相信，茅盾当年在西北奔波时，对故乡的回忆和思念构成的乡愁，已经深深影响他的创作。1942年，茅盾在桂林创作长篇小说《霜叶红似二月花》时，所思、所想、所忆，满满的都是故乡乌镇的故事，乌镇人的口音，乌镇那密布水道的地理环境，乌镇大户人家的厅堂、备弄，小桥流水，小火轮等，尽是故乡的风采和韵味。所以从某种意义上说，《霜叶红似二月花》这部优秀的长篇小说，是茅盾在桂林时乡愁的产物。

在茅盾的晚年，他年事已高，已经无法再回故乡，无法去走走当年自己曾经无数次走过的小街小路，看看街坊邻居，摸一摸过去自己熟视无睹的界墙石碑，听一听乌镇人带有特别韵味的土话，以解自己的乡愁！每当家乡有人去看望他，他总是细细地打听、了解故乡乌镇的情况，听到兴奋处，他还情不自禁地挥笔赋诗作词。1977年底，桐乡县委的两位同志去北京办公务，特地去交道口看望茅盾，在与家乡人的交谈中，茅盾知道乌镇的古迹经过战乱和"文化大革命"还保留着，非常高兴，特地在诗词中写道："唐代银杏宛在，昭明书室依稀。"这些，都是茅盾曾经亲自见证过的乌镇的文化遗产，现在在照片中看到，老人自然格外兴奋。在北京的家里，茅盾一直将乌镇的镇志放在自己常用的书柜里，时常取出来看看，以慰自己的乡愁。现在看，也许正因为长期在外的茅盾有如此浓郁的乡愁，他晚年的回忆录里写起有关乌镇的往事，都是头头是道，充满了感情。一百多年前的乌镇的人和事，依然活在茅盾的回忆录里，活在茅盾的文学世界里，活在茅盾的乡愁里。这是文学的力量，也是乡愁的力量！

中国这个名字叫"乌镇"的地方，是文学巨匠茅盾安放乡愁的地方！

（2016 年）

千年不改石门湾

　　一代艺术大师丰子恺先生故里石门湾的地名，已存续了 2500 多年。相传这一带原来是诸侯小国交战的地方，常常铁马金戈，硝烟四起，百姓不堪其扰。后来，周敬王二十二年至周元王三年，即公元前 498 年至公元前 473 年，吴越争霸，战争不断，越王在这个地方"垒石为门""以为界限"，作为吴越两国的疆界，从此有了石门这个名。至今，石门镇上还有"垒石弄"的弄堂名称。清代的《桐乡县志》有"春秋时吴越争霸，两国以此接壤，越勾践垒石为门，以为屏蔽，吴亦筑城于其地，以拒越兵，洵险要之地，因称石门"。这就是石门地名的由来。后来，隋大业六年（610 年），在江南开凿大运河，规划时，大运河要从嘉兴经过石门、崇福、塘栖然后到达杭州。从杭州回来经过石门时，正好南来东去，从崇福北上石门，一个转弯，浩浩荡荡，径直东去，所以石门又称石门湾。因为当年的大运河比今天的高铁还让人欣喜和爱用的缘故，百姓又想出许多美妙的词句，如称石门为玉湾等，但石门这个地名，历经千年而不变。

　　石门湾的先人们 1000 多年来一直守护着石门湾这个古老而又有文化意味的地名，守护着这世世代代石门人的乡愁。千年不改的石门湾，也千年不绝地传诵着石门历史上的故事。这些文化、乡愁、故事在一代艺术大师丰子恺先生心里，同样永远是美丽温馨的。抗战时期，丰子恺率全家老小逃难到广西、四川、重庆等地，一路上跋山涉水历尽艰辛，但唯一想起来就感到温馨的是故乡"石门湾"这个名字，做的最温馨的夜梦，就是在故乡石门湾的生活。1939 年 9 月 6 日，丰子恺写就了一篇长文《辞缘缘堂》，其中一句"走了五省，经过大小百数十个码头，才知道我的故乡石门湾，真是一个好地方"，感动了无数乡亲的同时，他还担心外省人看不懂这句话的意思，特地介绍了这个"石门湾"的来历:"它位于浙江北部的大平原中,杭州和嘉兴的中间,离开沪杭铁路三十里。这三十里有小轮船可通。每天早晨从石门湾搭轮船,溯运河走两小时,便到了沪杭铁路上的长安车站。由此搭车,南行一小时到杭州;北行一小时到嘉兴,三小时到上海。到嘉兴或杭州的人,倘有余闲与逸兴,可摒除这些近代式的交通工具,而雇客船走运河,这条运河南达杭州,北通嘉兴、上海、苏州、南京,直到河北,经过我们石门湾的时候,转一个大弯。石门湾由此得名。"丰子恺先生轻松描绘了家乡石门湾的方位及优势,字里行间饱含着浓浓的乡情,尤其是在远离家乡的广西思恩这个偏远地方思念恩泽过自己的石门湾,显得格外深情。所以,"石门湾"三个字在外省人看来稀松平常,但在艺术大师丰子恺先生那里,却是温馨而敏感,是他所有感官神经中最为敏感的焦点,他说过,抗战逃难"流亡以后,我每逢在报纸上看了关于石门湾的消息,晚上就梦见故国平居时的旧事,而梦的背景,大都是这百年老屋"。丰先生看到"石门湾"的消息就做梦,梦见石门湾老屋惇德堂,就梦见故乡、故土、故人,"梦见孩提时的光景""梦见父亲中乡试时的光景",这是对名为石门湾的故乡何等的情怀? 有时逃难途中住在酷热少雨的地方,丰子恺先生便立刻怀念起朝思暮想的石门湾来,说:"石门湾到处有河水调剂,即使天热,也热得缓和而气爽,不致闷人。"恨不得立刻奔到运河边的石门湾,享受石门湾的温润和清凉。

　　故乡石门湾不仅历史悠久,而且又是涵养丰子恺先生艺术的地方。他的漫画以故乡石门湾的社会、世情为题材的比比皆是,比如《高柜台》《最后的吻》《向导》《人造摇线机》《五娘娘》《锣鼓响》《巷口》《云霓》《归宁》《话桑麻》《三眠》《南亩》等,流传甚广,耳熟能详;还有丰子恺先生回忆石门湾往事的大量散文随笔,如《歪鲈婆阿三》《四轩柱》《阿庆》《小学同级生》《S姑娘》《乐生》《元帅菩萨》《过年》《清明》《五囡囡》《菊林》《五爹爹》《癞六伯》等,充满乡愁和回忆,算得上丰先生为故乡石门湾作的一部乡亲人物传。文中那些人物共同的印记,就是千年不改的石门湾。因为他们都生活在石门湾这个地方,讲着石门湾的土话,言行举止留有太多石门湾元素。因此，无论是漫画还是散文，林林总总，构成一部有滋有味的石门湾丰子恺版艺术交响曲。石门湾不仅是个有历史有文化的地名，而且是养育一代艺术大师、滋养大师艺术成就的地方。丰子恺先生的生命里、漫画里、散文里，都散发着石门湾的艺术韵味，在艺术大师丰子恺先生的作品里，石门湾是个无处不在的存在，是鱼水乃至血肉一般的关系。千年不改的石门湾，在以后的千年里，这个带着历史、带着艺术的地名估计也不会改。因为地名是历史形成、祖宗传下来的文化，后人应该敬畏才是。

（2016 年）

红了樱桃，绿了芭蕉
——缘缘堂的前世今生

浙江石门的丰子恺缘缘堂——小小的一座江南民居建筑，却是个百去不厌的地方，是中华文化的艺术圣地。尤其是当读过丰子恺先生讲述缘缘堂的热热闹闹的文字，再走进这座宁静的缘缘堂，仿佛走进一个温馨快乐的世界，使人的心灵感到无比的舒慰和明亮。1926年秋冬时节，弘一大师在学生丰子恺上海的家里，丰子恺请老师为他的住宅取名，弘一大师让丰子恺写好自己喜欢而又能搭配的字，揉成团，放在释迦牟尼像前，然后让丰子恺自己去"抓阄"，结果第一次是一个"缘"字，第二次也是一个"缘"字，弘一法师说："好了，就叫缘缘堂！"

1933年春天，缘缘堂在石门这个小镇上落成，成为小镇上的一件新闻，镇上远远近近的邻居，三三两两地来煤沙弄看看这座全体正直、轩敞、明爽，具有深沉朴素之美的缘缘堂。正南向三楼三底，楼下中央客堂铺着大方砖，温馨而古朴，右边是丰子恺先生的书斋，四壁陈列图书数千卷，风琴上面挂着弘一法师的"真观清静观，广大智慧观。梵音海潮音，胜彼世间音"的长联。左边是全家用餐的地方，后面有走廊连着厨房和平屋。在堂前的大天井里，种了樱桃、芭蕉和蔷薇，还有一个仿调色盘的花坛，这样的设计，让石门镇的乡亲们大开眼界。即将搬进缘缘堂，在丰家更是一件大喜事。全家齐集在老屋里等候着，已经出嫁的姑母们带了孩童仆从也赶回来挤在老屋里助喜，惇德堂的破旧老屋里一下子挤进了二三十个大人孩子，摩肩接踵，踢脚绊手，热闹得像戏场一样，大家知道未来的幸福紧接在后头，所以故意耍闹。老人家几被小孩子推倒了，笑着斥骂。小脚被大脚踏痛了，笑着叫苦。缘缘堂造好了还没有住进去，丰子恺先生的全家人就已经笑逐颜开了。

缘缘堂的漫画馆院子

缘缘堂前的"后河"

这一年，丰子恺先生的大女儿阿宝（丰陈宝）13岁、二女儿丰林先12岁、儿子丰华瞻9岁、次子丰元草7岁、幼女丰一吟才只有4岁，此时丰子恺先生的这些子女，正是哭哭笑笑、追逐嬉戏的年龄。春天到了，石门的郊外，一片一片的油菜花正在盛开，金灿灿的铺满了石门四乡田野。带着甜味的油菜花香随着春风，一阵一阵地飘进缘缘堂。放学回家的孩子拿着玻璃瓶去郊外的油菜田里捞蝌蚪，没有上学的孩子眼巴巴地跟在后面，去油菜田里看热闹。一会儿，活蹦乱跳的小蝌蚪已经养在缘缘堂里的搪瓷盆里，搪瓷盆外面围着一群孩子，带着兴奋七嘴八舌地评论这些小蝌蚪，同时又小心翼翼，怕自己的小手伤害小蝌蚪。春风吹进缘缘堂，门外两棵重瓣桃戴了满头的花，仿佛在为缘缘堂的孩子们站岗。丰子恺先生告诉我们："门内朱楼映着粉墙。蔷薇衬着绿叶。院中秋千亭亭地立着，檐下铁马叮咚地响着。堂前燕子呢喃，窗内有'小语春风弄剪刀'的声音。"缘缘堂的楼下，随着软软的春风，传来孩子们的阵阵笑声。此时的丰子恺先生，默默地沉浸在这和平幸福的时光里。

春蚕结束以后，夏天的缘缘堂同样让人向往，丰子恺先生说："我到夏天必须返缘缘堂，石门湾到处有河水调剂，即使天热，也热得缓和而气爽，不致闷人。"可见丰先生对故乡旧居的感情！其实，水乡的夏天还是很热，热辣

被日军炮火烧焦的缘缘堂旧门

缘缘堂——调色盘

辣的太阳常常将石门水乡晒得石头发烫，运河边杨柳树上知了叫得更加卖力，从早到晚没个停。这时四乡的农村里，正是瓜果蔬菜成熟的季节，新鲜的南瓜、丝瓜、茄子、韭菜等早已进了厨房、上了餐桌，让正在长身体永远吃不够的孩子们大饱口福。此时，缘缘堂的院子里，红了樱桃，绿了芭蕉，葡萄架下已是一片绿荫，垂帘外时见参差人影，秋千架上时闻笑语。当地的新鲜水果开始上市，西瓜、黄金瓜、香瓜、葡萄、水蜜桃、黄桃、樱桃、李子、石榴等，开始被挑进石门湾。缘缘堂门外的煤沙弄是农民到镇上的一条必经之路，人们来来往往，从早到晚，络绎不绝。门外的叫卖声，时不时传进缘缘堂，送进孩子们的耳朵里。"新市水蜜桃——"听声音就会满嘴涌起甜甜的桃子味。卖水蜜桃的人前脚走，卖"桐乡樵李"的担子又挑到煤沙弄，让缘缘堂里的孩子们心头痒痒的。卖樵李的声音刚刚远去，缘缘堂的楼底下又响起"开西瓜了"的声音，缘缘堂的楼上楼下一阵躁动，立刻引出许多兄弟姐妹。缘缘堂里又充满了欢声笑语！下午的缘缘堂，依然炎热，姐姐丰陈宝给弟弟削瓜，而懂事的弟弟在一边拿了扇子给削瓜的姐姐打扇，你给我削瓜，我给你打扇，其情其景，让丰子恺先生情不自禁地拿起了画笔。忽然门外传来一阵锣鼓响，其中一个孩子立刻拉了丰家帮工李阿姨，往锣鼓响的地方奔去，李阿姨连忙

缘缘堂——客堂

缘缘堂——楼上书房

芭蕉

墙门

拿了一把蒲扇，还没开步，就被孩子拉着出门去。

秋天里的缘缘堂，同样一派快乐。院子里的芭蕉已经长大，叶子高过围墙。葡萄硕果累累，诱得孩子们在葡萄架的梯子上爬上爬下，"给你给你""给我给我"，欢笑声，叫喊声，此起彼伏。一天的劳累后，缘缘堂里嬉笑的声音渐渐安静下来，门外的秋虫开始唧唧而鸣。丰子恺先生趁难得的安静，开始挑灯夜读和写作，几个大点的女儿如陈宝她们，也都在各自的房间，开始在灯下读书用功。楼上楼下房间里透出来的灯光，成为缘缘堂的另一番景象，一个书香门第的缘缘堂就是这样造成的。

时间过得很快，缘缘堂的冬天不期而至，大女儿丰陈宝也已经去杭州念书，丰子恺先生专门写了一篇《送阿宝出黄金时代》，父女情深，以纪念她们的童年时代。冬天的缘缘堂除了一大堆开心的孩子外，还多了一层对在外儿女的牵挂。石门湾冬天的阳光是淡淡的，没有多少热量，但是太阳晒到缘缘堂的院子里，暖洋洋的，阶沿石上堆满了芋艿，已经晒出阵阵清香；炭炉上在煮普洱茶，阳光、热气、茶香，使整个缘缘堂的楼下温暖如春。中午吃着很有嚼头的冬春米，嚼得大人小孩出汗解衣。吃过饭，孩子们仿佛还没有吃饱，还在炉子上烩年糕，其实这是孩子们的自娱自乐，这样烩出来的年糕，又香又好吃，你一块，我一条，年糕的香甜，自然又成为缘缘堂里孩子们的一个新话题。缘缘堂的正直、大气和丰家的温馨快乐，是艺术大师丰子恺先生一生中记忆最深的。对缘缘堂这座建筑，丰子恺先生曾经说过："这样光明正大的环境，适合我的胸怀，可以涵养孩子们的好真、乐善、爱美的天性。"所以他说："倘秦始皇要拿阿房宫来同我交换，石季伦愿把金谷园来和我对调，我决不同意。"红了樱桃，绿了芭蕉，在丰子恺先生的记忆里留下了和孩子们一起欢声笑语的美好印象。

缘缘堂毁于 1937 年日本的侵华战争中。战后的 1946 年 11 月，丰子恺先生风尘仆仆去石门湾寻找缘缘堂，"昔日欢宴处，树高已三丈"。他曾经记得房子里有多少只抽屉的缘缘堂已是一片废墟。当年的欢声笑语，只有在丰子恺先生和孩子们的梦里再现了，据说丰先生那天匆匆一瞥，第二天就离开了石门湾。1975 年，在丰子恺先生人生的最后一年的春天，他回到故乡，据说当时小小石门湾万人空巷，丰子恺的乡亲们没有忘记这位艺术大师。那几天，丰子恺走亲访友，在读过的西竺庵小学驻足，在运河边眺望，在木场桥凝视，此时，缘缘堂连废墟都难以寻觅，何况当年的欢声笑语！

又是十年，历史进入 20 世纪 80 年代，当年在缘缘堂欢蹦乱跳的孩子们大都年过半百，甚至年过花甲，缘缘堂重建，他们或是她们，凭当年的深刻记忆，画出了缘缘堂当年的模样。政府在废墟上还原了一个缘缘堂，保持了原来缘缘堂的正直、轩敞、明爽的风格和神韵。今天我们走进缘缘堂，除了感受到丰子恺巨大的艺术贡献外，仿佛还能感受到缘缘堂的前世今生，感受到当年在缘缘堂里的快乐和欢声笑语。

（2017 年）

说不尽的南浔

　　几十年前去南浔，是坐轮船走水路去的，当时嘉兴和湖州还是一个地区，称嘉兴地区。地区行署所在地在湖州。所以去地区开会或者去地区的党校学习，时间充裕时，我常常从桐乡坐轮船到南浔，在南浔吃个午饭，然后乘汽车到湖州。当时，这是一条经济实惠的路线。但这是几十年前的旧事了。现在到南浔非常方便，高速公路四通八达，从乌镇到南浔，只要几十分钟，一晃就到了。从杭州到南浔，也不到一个小时，真是方便。去冬今春，因为调研和陪同朋友，我连续两次去吴兴的古镇南浔，有时间走进南浔历史的角角落落去寻访，刘家的嘉业藏书楼、张家的豪宅以及沿市河的老街、市河上的小桥、桥塅边的石狮子，尽是当年旧物，没有新造的旧货。徜徉在南浔古镇，无论是豪宅还是私家园林，无论是风格各异的中西合璧的建筑，还是古色古香的亭台楼阁，到处都有让人入迷的风景，因此，无论是人文的还是那些物质的，这些历史遗存让每一个到过南浔的人都会感到南浔是一部读不完的大书，是一个说不尽的江南古镇。

　　南浔的辉煌和崛起，成为中国第一富镇，是在晚清和民国初的那段历史时期。当时，南浔的商人以自己敏锐的眼光和超人的胆识魄力，抓住上海开埠开放的历史商机，在丝绸外贸上拼胆识，凭胆量，不出几年，在南浔逐渐形成一个"四象八牛"为代表的南浔商人群体。他们将南浔人的聪明、文化和商业、实业一起推向辉煌，从而无论是为商还是为官，为友还是为人，在给南浔留下财富的同时，也留下无数思考。

　　走进与小莲庄紧邻的嘉业藏书楼——这座周恩来明令保护的藏书楼，90多年了依然洋溢着浓浓的书香。东南西北的楼上楼下，依然保存着刘承干先生当年的收藏。楼下当年刘先生的会客室里，依然挂着清朝末代皇帝爱新觉

说不尽的南浔

罗·溥仪赐给刘承干的"钦若嘉业"的九龙金匾。柱上挂着名人手写的对联。红木的桌、几、椅，使人感到仿佛刘承干先生刚刚在这里接待过书商，或者刚刚还在这里欣赏过他购买的珍贵宋版书。在嘉业堂上上下下的门、窗上，留下"嘉业""希古""嘉业堂藏书楼"等字样，这些原汁原味的风景，让今天的我们强烈感觉到前贤的爱书情怀。站在嘉业堂的大天井里，望着这座已经历90多年历史风雨的藏书楼，让人感慨万千。20世纪初，正是社会转型和兵荒马乱之际，清王朝覆灭，大量珍贵古籍流向社会，也流向海外。当时一大批如张元济、郑振铎以及嘉业堂主人刘承干先生等有识之士，出钱出力，搜集珍贵图书，使其免遭散失和流失。其时，嘉业堂主人一掷千金，购买大量珍贵图书。1924年嘉业堂藏书楼落成，存有60万卷珍贵古籍，还有号称镇库之宝的宋椠四史：《史记》《汉书》《后汉书》《三国志》。与此同时，南浔镇上的那些大户人家在经商之余，大都有文化上的收藏，包括藏书、藏画，几十年的时间，一个离城市很远的南浔成了一个浓浓书香的小镇。

　　走在南浔临河的小街上，一个个河边凉棚，可以小憩，可以驻足，甚至

末代皇帝溥仪题的匾额

深藏的洋房

水乡古韵的小街小河

可以坐下来吃一碗洋溢着葱香味的鲜美的小馄饨，然后再往前走。走着走着，一扇不起眼的墙门不经意地在我们的身边出现，随意跨进去，忽然发现，墙门里面的世界与外面朴素的小桥流水迥然不同。小小的墙门里面，尽是一进接着一进的高屋大厅和西式洋房，房子的设计、建造的想法，细微周全而又大气，融入了房屋主人的思想情趣，体现了主人的见识眼界。所以，小墙门里大世界，里面的这些高厅大屋和洋房，承载着当年南浔的文化，反映南浔的开放水平。即使今天看来，南浔当年的房屋设计理念，仍然没有落后没有过时，甚至比今天的建筑设计更有文化！刘承干的叔父刘梯青的"红房子"，呈一派西式风格，整栋楼气势轩昂，楼上楼下是两排灰白色花岗岩内廊大廊柱，巴洛克的柱头造型具有满满的西班牙风格，十分典雅。据说，当年的房子规模更大，自家院子里有网球场、奶牛场、健身房等，非常洋气。而"红房子"里的中式院落，又非常古典，雕梁画栋，前后楼回廊完全是中国风格。但是，里面这样辉煌豪华，临小街上，却是波澜不惊、貌不惊人的墙门，如果不经意地走过，平常到可以忽略不计。南浔的这些布局、格局，却正是清末民

张静江故居　　　　　　　古色古香的木雕　　　　　　　红房子

南浔红房子洋房的局部建筑

古镇老桥远眺

南浔小河边的石狮子

初创造南浔奇迹的奥妙所在——低调、内敛。当时南浔镇富可敌国，但是这些老板在家乡小镇上处世为人处处低调内敛，处处注意文化涵养，惜才惜福。1894年，32岁的南浔人刘锦藻与南通人张謇同为甲午科进士，年轻的刘锦藻春风得意踌躇满志，此时有人劝他："你家有钱，何不捐钱买个更大的官？"刘锦藻心动了，写信回家与父亲刘镛商量，但是刘镛头脑非常清楚，立刻给在北京的儿子写信，告诉他："我家家门鼎盛，原先并没料到会如此。现在我担心的正是你对此仍未满足。我家祖泽虽厚，但宜留有余地，应留一些给子孙，岂可自我享尽？但愿你谦和接物，勤慎持家，以永承祖德于不坠，不愿你高爵厚禄也。"这种知进退的大智慧，成为刘家的一条家训。据说大老板刘镛吃饭，从不浪费，一粒米饭掉在桌子上，也要捡起来吃掉。后来刘家兄弟分家，各取堂名，分别为尊德堂、懿德堂、崇德堂、景德堂，显然他们对"德"充满敬畏之心。其实，在南浔的历史上，这样的家庭，这样的家风，比比皆是。也正是这样的家风，才形成当时南浔拼搏进取、低调内敛的人文氛围。

你漫步在南浔古镇，稍微留意一下，发现清末民初中国许许多多如雷贯耳的人物，都和南浔这个江南水乡的小镇有关系，而且不是一般的关系。追随、支持过孙中山先生革命的张静江是南浔的富豪子弟。孙中山去世后，治丧委员会40人的名单中，有4位南浔人。南浔的老板庞莱臣与李鸿章是朋友，但是他的弟弟庞青城毁家纾难为孙中山干革命做出巨大贡献，他们的外甥就是张静江。而南浔刘家的关系同样丰富多彩，嘉业堂主人刘承干的儿子娶李鸿章的曾侄孙女，刘承干叔父刘梯青的儿子娶了盛宣怀家的六小姐，刘梯青的外甥女又嫁给了杜月笙的儿子杜维翰。所以，小小的南浔镇，从19世纪下半叶到20世纪上半叶的近百年的时间里，上至皇亲国戚、晚清重臣，下至江浙富豪、海上闻人，都与南浔这个小镇有着千丝万缕的联系。因此，走在南浔，无论是在古朴的小街上，还是在遗韵犹存的老宅里，无论在书香弥漫的嘉业藏书楼，还是在橹声欸乃的市河里，南浔，是一个看不够、说不尽的水乡古镇，是一个历史积淀深厚而且有故事的地方。因此，无论春暖花开，还是秋高气爽，中国南浔，是个值得静静寻访和悄悄思考的地方。

　　去过南浔，回味无穷。

（2017年）

夜宿乌镇

　　自从 1985 年 6 月 4 日水乡乌镇通了汽车以后，20 多年没有在乌镇过夜了。以前没有通汽车时，从桐乡县城坐小火轮，沿运河到乌镇将近两小时，来回不方便，便常常在乌镇过夜。现在乌镇通了高速公路，即使从杭州到乌镇，也就一个小时多一点，而从桐乡县城到乌镇只要 20 多分钟，仿佛在一个镇上。然而，交通方便了，在乌镇住宿的机会也少了。

乌镇西栅景区（一）

乌镇西栅景区（二）

　　近日，在一个细雨霏霏的夜晚，我又住进乌镇去年开放的西栅的民居里。那晚，天上下着霏霏小雨，将原本水墨般的乌镇西栅湿润成一幅意趣盎然的中国画，铺着历史风雨里洗涤过的条石的街道上湿湿的，一栋栋民居的黑瓦上也是湿湿的，小桥石阶的凹处，积上浅浅的一泓雨水，河埠边小树的常青叶片上挂满了雨珠。此时的乌镇，整个充满了水墨般的湿润，漫溢在乌镇的小街、小河、小桥，达到一种让人全身放松，包括心情也放松了的境界。因此，当走进略带暖意的修葺得干干净净的临水民宿时，你仿佛感觉自己整个都融进了乌镇这个古镇！乌镇西栅景区面积不小，达 3.8 平方公里，相当于以前当地一个生产大队的面积，景区 25 万平方米的具有明清风格的民居建筑和沿河两岸近 4 里长的老街，已成为今天乌镇西栅的主要风景。风景边上的风景，是乌镇西栅绵延近 4 里的临河水阁，如此规模，如此韵味，是江南水乡难得遇见的，也是乌镇水乡的一个具有生命意义的符号。我们下榻的民宿，就是水阁之上的临河民居，经过整理已对外开放，风貌古朴的民宿房间里，有着现代保暖设施和现代淋浴设施，但当你在这个现代化气息的房间里打开古色

乌镇西栅景区（三）

古香的木格子窗户时，立刻为窗下流过的市河和对岸影影绰绰的行人以及斜看过去不远处的石桥的魅力而怦然心动。享受着现代化的享受时却看不到一根电线杆和其他市镇街上司空见惯的蜘蛛网似的电线，让人仿佛回到过去那种自然经济和农耕时代的悠闲时光。

　　吃过晚饭，大家已经带着三分醉意，三三两两地从盛庭会所出来，主人邀请我们去夜游，说晚上的水乡也别有风味。几条小船早已等在那里了，于是，我们上了一条五六座大的小船，等我们坐稳后，岸上的人将小船轻轻一推，船就在软软的欸乃声里徐徐而去。此时，细雨霏霏中的暮霭已笼在整个水乡古镇上，不，应该说已笼在整个太湖流域上了，乌镇西栅的灯光并不耀眼，相反倒有些昏黄——其实这灯光也与此时水墨般的乌镇西栅景色十分吻合，连小桥、石帮岸、临水的水阁线条轮廓灯，都与这河道里的欸乃声十分和谐，让人们的所见所闻融合在一种水乡审美的情趣里。我曾问陪同夜游的导游，才知道船在西栅市河里夜游要用一个小时左右。其实，我觉得这个时间也正好，仿佛这一个小时的市河夜游，像黄金分割线一样和谐，一样恰到好

乌镇西栅景区 (四)

处。在船里，可以静静地听橹击水声，可以轻轻地看朦胧而参差的临河民宿水阁，看临河明清老屋木窗里漏出来的灯光，也可与同伴聊着与这水上风景相吻合的水乡往事。总之，在这充满意境和湿润的夜里，任何物质的欲望都是不适宜的。回到民宿的房间里，在这水乡宁静的夜里和柔和的灯光下，我拿出于丹教授刚刚出版的《游园惊梦》，在这样的地方，读着这样的书，真是一种艺术享受。

乌镇西栅清晨的空气格外沁人心脾，昨夜的小雨早已变成水雾，轻轻地飘忽在水阁边、河面上。早上的西栅小街很静谧，以前小镇上那种家家门口放着马桶的景象早已没有，更没有洗马桶时那种粗俗的声音，也没有了每家每户清晨在门口生煤炉，煤烟气飘散在街上久久不去的景象。如今走在这静谧的西栅小街上，倒真有点让人怀念过去那种民间的喧嚣来。后来我遇到当地一位认识的居民，与他谈起清晨这感觉，他笑了，说是的，有关单位正在有计划而不是一哄而上地让居民回到景区生活，不过是要有计划进来，而且要培训，要让进景区生活的居民的素质与当今世界文化遗产保护的要求相一致。

乌镇西栅的"桥中桥"

听他的一番话，再加上所见所闻，让人感慨不已，我们在西栅景区，发现无论是民宿服务员还是景区导游，或者生活在乌镇景区的乌镇人，他们的教养明显不一般。我们走进一家已回景区来生活的居民家里看一下，主人立刻放下手中的活，热情地欢迎并让我们随便看，当我们走进老屋东张西望时，他们又忙自己的活了。看来，景区有没有文化，和居民的素养有关。

乌镇西栅景区的文化内涵也很丰富，人文的，历史的，当代的，古代的，再现的，陈列的，林林总总，无论是清晨，还是晚上，无论是阳春三月还是秋高气爽的十月，总是能够让人愉快地穿行在明清老屋的文化遗存里。本来，文化作为乌镇西栅的根基，恐怕一个茅盾纪念堂也可涵盖了，但在乌镇西栅看到的还远远不止这些，中共一大绕不开的人物——王会悟纪念馆，不仅再现了这位传奇女子的一生，而且展出了难得一见的许多珍贵史料。茅盾纪念堂边上的孔另境纪念馆，也以同样的方式，展示了这位学者兼革命家坎坷的一生。新修的白莲塔、将军庙等，让到乌镇西栅的每一个游人会想起此地曾有过的神话般传说。在西栅大大小小的72座桥中，最有个性和魅力的是直角相交的桥中桥，和西栅老街上的厅上厅等水乡建筑交相辉映，焕发出新的和谐的热情，与相识、不相识的人相会。

宁静、湿润、自然，在乌镇西栅的一夜，我记忆的底版上烙下深深的印痕，也留下了美好的印象。

（2007 年）

02

时间的记忆

半个多世纪的深情

五年了，那次陪著名摄影家徐肖冰、侯波夫妇的延安之行至今难忘。

秋阳把陕西大地照得轮廓分明，浩浩荡荡的渭河平原上，一大片一大片待收割的玉米，呈现出一派丰收景象。八百里秦川，演绎过多少扣人心弦的人生故事，从兵马俑到华清池给后人留下了多少历史遐想。火车轰轰隆隆地在秦川大地上驶向陕北，驶向中国现代史上曾辉煌过的地方。同时，火车的轰鸣声也唤起每一个有着不同经历的人的不同回忆。徐肖冰这位七十多岁的老摄影家为中共领袖留下过无数个光辉瞬间，他至今仍精神矍铄而健谈，往事今事，党风民风，都装在这位20世纪30年代就到延安投身革命的老共产党人心中。此时，望着车窗外连绵的庄稼，望着那山那水，那愈来愈近的圣地，撩起他无限的情思。徐老出生在浙江桐乡县，年轻时代在上海电影界工作，抗战开始投奔延安，为中共的摄影事业而艰苦探索，中共电影史上有他一份功劳。在延安和中国的革命领袖人物相处的峥嵘而艰苦的岁月，使他对延安有一种故乡情结，有一份难忘的情、难却的意。侯波也静静地坐在徐肖冰对面，这位曾跟随新中国第一代领袖们走遍大江南北的著名女摄影家，虽已七十岁了，思维依然那么敏捷缜密，办事还十分干练。面对着窗外的景物，侯波带着甜味向我们回忆当年投奔延安的情景：

"我老家在山西夏县，14岁那年，在党组织的安排下，先到西安、咸阳附近集训，然后我们三五个人一组，分散步行到延安。一路上，我们几个姑娘，风餐露宿，干粮吃光了，就摘野果，向当地老百姓讨饭，整整走了七天七夜。鞋子破了，光着脚丫，脚上都是泡，磨出血，还是咬着牙走，身上、头发上都长满虱子，后来干脆把头发都剪去，剃了个光头。那年，我还小哪，吃那么大苦，精神却饱满着哪，一心想着的，就是到延安，投奔共产党，跟共产党

徐肖冰与侯波在延安留影（李渭钫摄）

徐肖冰与侯波在南泥湾窑洞前（李渭钫摄）

走……"

火车过了一站又一站，穿过一个又一个山洞，黄土高坡上衬着湛蓝湛蓝的天，没有刮西北风，依然是一个漂漂亮亮的艳阳天。

"肖冰，看，大红枣！"侯波在一个小站上，见到久违的正宗的陕北大红枣，情不自禁地唤老伴。红枣，这普普通通、和陕北人民世世代代有不解缘分的果品，在这两位摄影家心里，却有着一份特殊的情感！当年，两位年轻人在革命圣地延安结为伉俪时，婚礼上，最为"奢侈"的，就是红枣了。在窑洞里，那一颗颗椭圆形的大红枣象征着喜庆，首长来了，红枣一捧，战友来了，红枣一捧，笑声伴随着红枣，整个窑洞洋溢着无限的激情和欢乐，大家为这对伉俪祝福。

到延安时，太阳已经下山，一片暮霭罩在隐隐的山峦上。车缓缓地停在延安南门外七里铺延安车站。徐肖冰望了一眼窗外那朦胧中既熟悉又陌生的景物，提着包，一边朝车门口走去，一边自言自语地反复说："到家了，到家了。"声音不大，喃喃细语，但我明显地感受到他对延安的那份深深的眷恋。

延安的山还是那些山，延安的河还是那条河，清凉山、凤凰山、宝塔山依然沐浴着阳光、风霜和雨雪，依然陪伴着那延河的涓涓流水。太阳东升西落，白云飘来飘去。陕北的自然景物，在过去那年代，多了一份辉煌，今天，又多了一份神圣。在延安的那几天里，徐老静静地走进中共七大会址，和我们一样带着一份神圣，又比我们多带了一份美好的回忆！会场里，桌子、主席台、讲席、标语、会标，一件件，依然保持着往昔模样，徐老独个儿回忆着："是的，当初我是站在这个地方拍照的。在这里（徐老指着会场的一角）躺着一个王明，当初他身体不好，只好用一把躺椅，在会场的一角让他躺着。"看到主席台，徐肖冰回忆着那天的座位，这是朱总司令的，这里是主席，这里是周总理，刘少奇同志……是啊，当初这位风华正茂的摄影家，为了能留住中国历史上变革的每一个细节，不惜挑水洗胶卷，一担一担的浊水挑进窑洞，哗哗哗地倒进大水缸，澄清后用延河水洗出一个个历史镜头，留下了一代伟人辉煌的风采。

1993年在延安南泥湾（李渭钫摄）

从七大会场旧址出来，陕北的蓝天更蓝，几朵白云似絮地飘浮着。我们在去杨家岭的路上路过延安女子大学旧址，徐肖冰、侯波都不约而同地盯着车窗外的一切，望着自己曾经奉献青春年华的地方。侯波当初在女子大学学习，住在延河的这一边，徐肖冰住在延河的彼岸凤凰山麓。相识相爱后，两人时常从不同方向奔到延河边，徜徉踯躅，喃喃私语，憧憬未来美好生活，互诉志趣和抱负。徐肖冰带着甜蜜，笑谈侯波的一桩往事："当初侯波走到延安，剃着光头，瘦瘦的，活脱脱像个小男孩儿，学校在分班分宿舍时，把她分到了男生宿舍。当时侯波也不知道组织上怎么安排的，稀里糊涂地去了，可是一到晚上，侯波急了，怎么办呢？自己刚来参加革命，怎么好一到延安就向组织提要求呢？怯生生的侯波只好一个人悄悄地跑回教室，缩在教室的角落里，权当过夜。直到查哨的人来，发现了这么个孩子，一问缘由，方知学校搞错了，才领她去女生宿舍。"徐老说到这里，又补了一句："不过，当初我们还谁也不认识谁呀。"引起大家一阵会心的笑。

杨家岭是圣地的圣地，岭坡上是毛泽东、刘少奇、朱德、周恩来住过的窑洞，还有其他一些政治局成员的住所。下面是中共中央办公厅所在地，杨家岭沟连着沟，路连着路，每一块土地、每一方石凳，都有一段不寻常的故事。幽默风趣的讲解员戏称："这里是当年的中南海。"又指着那一排窑洞："这是当年的钓鱼台国宾馆！国家元首来都住在这些窑洞里。"杲杲的阳光从树叶间洒下来，落在人们身上，更显得斑驳和多彩。徐、侯二老见延安土生土长的讲解员，感到分外亲切。也许讲解员熟悉延安的过去的缘故，徐肖冰向讲解员打听了许多延安的过去，徐、侯二老和延安讲解员说到忘情处，都情不自禁地唱起当年延安人唱的歌曲，这质朴的歌声从延安杨家岭飞出来，格外动人、格外催人奋进！

从杨家岭下来，两个老人来到延河边，"来，合个影吧。"大家都簇拥在二老身边合了影，留住那难忘的延安之行。

（1998年）

忆念茅盾表弟陈瑜清

潇潇春雨，似烟如帘，笼在西子湖畔。徜徉湖畔，勾起我对慈祥长者、著名翻译家陈瑜清先生的忆念。斯人已逝，但其令人敬仰的人品，慈祥的笑容，一直萦绕在我脑际。

陈瑜清先生是桐乡乌镇人，父母早逝，在其哥嫂和姑母陈爱珠（茅盾的母亲）的关照下，度过童年时代。少年时代他在茅盾母亲的帮助下去上海求学，曾参加过五卅运动。后又留学日本、法国。归国后一边翻译法国文学作品，一边教书。新中国成立后在浙江图书馆供职。我因茅盾研究中有许多事要向他求教，便开始和他通起信来。有一次，我到西子湖畔陈瑜清先生的府上拜访，他见到我十分高兴，让我坐在他身边，不住地按助听器，絮絮地告诉我一件件有趣的往事。他说，20世纪50年代，学俄语很时髦，办了许多班，请俄语教员来讲课，当时他热情很高，也报名参加学习。不知怎地，去了几个星期，那个教俄语的先生知道他懂法语，反过来要他教法语。说完，他呵呵地笑了起来。我也为他的真诚感动了。对一些年代久远的事，他记得非常清楚。有一次，我向他请教茅盾年轻时代的事，其中他讲了这样一件事：茅盾结婚时，陈瑜清先生还是小孩子，因为是至亲，也去喝喜酒。茅盾在应酬空隙，便带了几个小客人回新房，自己盘坐在床上，模仿和尚打坐，逗得陈瑜清他们几个小客人笑个不止。记得那年秋高气爽时节，陈瑜清先生策杖带我去拜访陈学昭先生和黄源先生，从仁和路一直走到葛岭，他竟不用我搀扶，这件事，令我感动，也令我不安。

陈瑜清先生是去年初冬去世的，遗体告别那天，天气雾蒙蒙一片，白幛似的遮着西子湖。我匆匆赶去殡仪馆，他安卧在松柏丛中，脸庞依然那样慈祥，向每个前来告别的人露着生前常有的微笑。

仲春时节，掬一瓣心香，献给陈瑜清先生的在天之灵。　　　　（1993年）

一封写在心里的信

——怀念张立国老师

张老师，您记得吗？二十年前的秋天，桑叶已黄，但仍挂在枝上。那时您和孙先生风尘仆仆从黄山下来，拿着小竹杖到我所居住的县城找我。那天，我得到消息时，正在乡下搞调查，便匆忙赶回县里，中午在县委机关食堂买个菜，在我一铺一桌的宿舍里边吃边聊天。那个秋天的见面，是我与您和孙老师第一次见面。随后我们一起坐小火轮去乌镇寻访。您对江浙水乡的特有景观抱有极大兴趣，记得在回县城的船上，孙先生在客舱里看书，而您却拉着我，跑到船舷边看两岸成片的桑园稻田，看轮船过后两岸卷起的浪花。在路过一个小镇时，岸上有人给我打招呼。我应了一声后，船很快过去了，您问我谁在打招呼。我说我爱人。您直埋怨我，为什么不告诉？这件事，您一直记着，并时时在信中表示对我家人的问候和关心。从此，我们的师谊友缘将我们紧紧地连在一起，并让我从您的为人为学中学到许多。那年，您三十多岁，我二十多岁。

也许在您的日记中仍记着，我们自那次见面后，您不住给我寄书、写信。有一次您从报上看到江浙发洪水——其实这在江浙一带是常事——但您立即给我寄来您节省下来的粮票——在那时它是多么贵重啊！那时我接到的，是您的高情厚谊，是一颗真诚友谊的心啊！后来，我们在北京一次全国性学术讨论会上又相见了，见面时，您的欣喜、您的真诚让我感动。在那次会上，我们共同想到一个课题，想为茅盾的弟弟，同时也是中共创始人之一的沈泽民同志编一本书，以寄托后人的思念和敬意。从此，我们频繁的通信中又多了一份内容，并很快理出了集子的篇目。

此后，不，应当从认识您那天起，我就把您当兄长，当老师。在您面前，我心底的想法、打算，都可以向您倾诉，而您在信中，在见面时，总是替我分析，替我出主意，或给我提供材料，或告诉我做学问的门径，所以直到今天，我仍然多么想听听您的话啊。

在出版界既繁荣又艰难的上世纪八九十年代，我们合编的《沈泽民文集》一拖好几年，直到您得病后，在出版社朋友的大力支持下，总算让您见到这部凝聚您心血的书，别人告诉我，您在病中收到样书后，放在病榻的枕边，抚摸着，并流泪了。我知道您心里又想起我们商量的另一件事。我们在搜集沈泽民的资料时，萌生为这位为革命事业付出毕生心血的先烈出一本传论，连提纲都早写出了，您也做了仔细的修改增删，正当我们想动手写的时候，您却病了，这病，您心里很明白，怎能不流泪呢？

张老师，时间过得真快，这是一句我们写信时频率最高的话，记得在大连开会时的情景吗？记得1986年在香山开会时的情景吗？仿佛就在眼前，历历在目，您的音容笑貌，至今仍清晰着哪！您给我的上百封信，我都完整地保存着，保存着温暖我一生的友谊！

您在发病前一个多月，打电话告诉我，就要到南方来看我。不巧当时我正待出发去日本访问。您问什么时间，并说差不多，您等我从日本回来。就这样，我从日本回来时，您带着学生已在杭州等我了。那时，我们都非常高兴，仿佛有说不完的话，您看了我工作的地方，也到我家里，见到我爱人和儿子，您又说起十五年前在小火轮上的往事，说今天终于见到了我们一家人。在杭州几天的时间里，您是愉快的，我也非常兴奋。事后，我听说您曾对您的研究生讲，这次南下，想见的人，都见到了。当时我心头一惊，仿佛是上苍冥冥之中让您来道别，真是不堪回首。

后来，您从杭州回北方后不久，我有一次打电话到您家里时，您女儿告诉我，您发病了，刚刚上火车，去北京治疗。当时我一听，惊呆了，我想，我为什么要打这个电话？为什么在这个时候打电话？是什么力量驱使我打这个电话？仿佛冥冥之中告诉我什么似的。知道您得病后，我们全家人心里很难受，一直记挂着您的病，希望有奇迹能降临。

在您病中，我千方百计和您见面，但每次见面，我都忍着泪和心痛，却又轻松地和您说话，而您每次见到我，总要问起我儿子的学习，在您无法说话时，还用左手在写字板上写上我儿子的名字，用目光问我怎么样。张老师，您在病痛中对我们全家关爱的每句话、每一个细节，我是永远无法忘怀的。

那一天清晨，您女儿打电话告诉我，您已走了。我的悲痛是莫名的，我呆呆地去邮局给师母发了一个电报。本来，我想赶到北方来送您，后来觉得实在太残酷了，我不想让您走，您才五十多岁啊，您还有许多事要做，我们俩合作写的书还没有动手写呀。在我的心里，您仍然在那个北方城市里快快活活地生活着。

张老师，您走以后，我和孙老师、中忱兄、冠夫一起商议，让冠夫替您的作品选编一个集子，留给您的师友，也留给您曾倾注过心血的学界后人，让大家在新世纪里铭记着您的努力和奉献，相信您会同意。

（2000 年）

忆陈学昭先生

去年 10 月，我因公出差长沙，妻在电话里告诉我，陈学昭先生逝世了。我从电话里听到这个噩耗，惊呆了，脑子嗡地响了起来，这，怎么可能呢？她老人家身体一直不好，但她的文章、作品却比年轻人还出得多，一本接一本地出版问世。她每次来信，都会讲一些身体近况。所以，我知道她身体不好，却不也是在这么不好中过来吗？怎么会两三个月不来信，会突然离开她热爱的生活和读者呢？

放下电话，我的悲痛难以言状，我为失去一个教导我的长辈而潸然泪下。我回家后，捧出她老人家给我的最后手书——7 月 12 日来信。信中她说："对不起您，上次害您白跑一次，那次是有民主人士参加的纪念建党七十周年，我不能不去……"这是一位八十多岁的长辈留给晚辈的一个榜样！当时，茅盾读过书的乌镇立志小学修复了，我们决定在 7 月 4 日举行一个落成典礼，我和有关同志专程到杭州请一些领导和老前辈来指导。那次也到学士路去看望并邀请陈学昭先生。不巧，她家里没有人，我们只好返回。事后，我给她写了一封信，报告那天的活动和到杭州没有见到她的怅然心情。没有几天，就接到她上面的这封回信。后来，我想过几天，等我那本研究茅盾的书出版后，再给她去信问候，并送书请她指教。谁料，她会在丹桂飘香的时候，离我们而去！

本来，我想在秋凉以后，她身体好些，接她来茅盾故居——她所尊敬的茅盾同志家乡看看，哪怕进茅盾故居坐一坐、站一站也好。因为，我知道，她对茅盾一家有很深很深的感情。20 世纪 80 年代茅盾故居建设也有她的贡献和她留下的一份深情。过去，杭州到乌镇，路太颠，又要坐车，又要乘船，这对患有严重坐骨神经痛的老人来说，是不适宜的；而现在，路平了，车通了，一个多小时的汽车可以直达茅盾故居门口，但她却永远不能来了！

先生多年的教导和关怀，使我无法排遣这心头的缺憾，想法无法实现的今天，只有掬一瓣心香，像先生那样，加倍努力，告慰先生在天之灵！

（1992 年）

世纪君匋

——忆钱君匋先生

钱君匋先生以他九十二岁高龄走了，离开了他那心爱的艺术，离开了他魂牵梦萦的故乡人民。尽管钱先生是九十二岁高龄离开，但我们仍感到突然，因为他的身体向来是不错的，达观、开朗、一心向艺成了他晚年健康的主要心理条件。怎么一下子说走就走了呢？

还在一个月前，我在《秀州书局》简讯上得知钱先生的侄子去海宁看墓地。当时我心里一惊，钱先生怎么会有这个念头呢？隔了几天，他故乡的朋友打电话告诉我，钱先生正在上海医院抢救，得知此消息，我一方面赶紧提醒我供职的电视台正在制作有关钱先生专题片的编导，尽快赶制出来，一方面又暗暗祈祷上苍，让这位一代艺术大师多留几年吧。

钱先生是自学成才的典范，论学历，也不过一个中专生。他博闻强记，勤奋努力，不懈追求，艺术上有很高的造诣，终于成一大家。记得 20 世纪 80 年代中期，钱先生为建桐乡君匋艺术院常回故乡，我正好在他故乡桐乡县宣传文化部门工作，当时又醉心于茅盾研究。茅盾逝世后，钱先生曾写回忆文章，纪念茅盾，还回忆了茅盾背《红楼梦》的事。于是，在一天中午休息时，我当面向他请教茅盾背《红楼梦》的事，钱先生不假思索地说，确有其事，并绘声绘色地讲了当时章锡琛、郑振铎他们为此打赌的事。后来，钱先生在其他文章和其他场合又讲了这件确凿的轶事；记得当时我还向他请教茅盾的书法，他兴致很高地说，茅盾的字是临过陆润庠的字帖的，他还说，清末有个风气，儿童习字，首先要临摹状元的字。后来，我又见茅盾自己说是临摹《董美人碑》的，钱先生的指点，我又留意了陆润庠的字迹，但因杂务甚多，未能弄出个结果来。

钱先生对做事做学问向来一丝不苟。记得桐乡的君匋艺术院落成时，我正兼任县文化局长，之后几年，钱先生差不多每年都要抽空来小住几天，看看用自己一生心血积累起来的艺术瑰宝，这时，君匋艺术院的同志总要向他汇报一下情况，有时还要写成报告。有一次，钱先生看了艺术院搞书法的同志写的材料，退了回去，说，写材料时字迹必须工工整整，这么潦草的字，我不看。钱先生言行一致，他自己的字，自己做的事，也是这样，方方正正，一丝不苟。当时，我们亲见他包书送人时，包扎得方方正正，棱角分明，又工工整整写上收书人的名字。当时我问他，这样仔细认真，受谁的影响？他当时对我说，他受了鲁迅的影响，小事都不敢马虎。所以凡到过桐乡君匋艺术院看过藏品的同志，也许都有一个感想：那些珍贵的文物，一方印章、一件古瓷，都是钱先生请人"量体裁衣"定做锦匣的。一个锦匣里几个印章，按照大小、形状不同，都各就各位，无法挪位，足见钱先生对艺术的钟爱，也足见钱先生做学问、办事情的认真。

（1998 年）

大师钱君匋的故乡情

　　1907 年 2 月 12 日钱君匋生于浙江桐乡县屠甸镇的一个小职员家庭，童年少年时代在这个水乡小镇上度过，后来去上海私立艺术师范专科学校求学。1925 年毕业后，为生计他奔波于浙江台州、杭州和上海，追求艺术理想一辈子，成为中国 20 世纪一位集封面装帧家、篆刻家、书法家、诗人、散文家、画家及收藏家名号于一身的多才多艺的艺术大师。他一生留下 2 万余方印章、1800 多张封面设计、上百万字的散文和几百首诗词，并将其一生收藏的 5000 余件珍贵文物无偿捐献给故乡桐乡和海宁两个地方，留下了上至中央领导下至平民百姓一致的好口碑。

　　桐乡这个地方，并不大，700 多平方公里的土地上，诞生了现代史上不少有名大家，如享誉世界的一代文学巨匠茅盾先生是桐乡人。开漫画先河的艺术大师丰子恺也是桐乡人，他的一部《缘缘堂随笔》，直到今天许多名家散文里仍可寻出它的影子和传承。中共党史上绕不过去的人物如沈泽民、张琴秋夫妇，中共摄影史上的领军人物徐肖冰等都是土生土长的桐乡人。徐肖冰夫人侯波作为桐乡人的媳妇，也赢得桐乡人的敬重。还有现代出版史上不可不提的中华书局创办人陆费逵先生以及在上海滩一个大报当副刊主编三十余年的严独鹤先生，都是放在全国、全世界里也值得一说的精英。

　　钱家祖籍在离屠甸镇不远的另一个叫路仲的小镇上，两镇相距几里地。但在行政区划上，路仲一直是海宁县管辖范围内。在 19 世纪中期，钱君匋的祖父钱半耕迁居桐乡县的屠甸镇后，并没有去耕田务农，而是潜心学医，成为一位颇有威望的中医。而钱君匋的父亲钱希林也是从小学医，但他的医术远远不如其父，兴趣也不在医道上。在 20 世纪初，赚钱的机会、诱惑很多，钱希林看到屠甸镇上出现小火轮，人口日增，便弃医从商，开了一家小饭店，

钱君匋（右）与岳石尘在君匋艺术院（李渭钫摄）

在君匋艺术院落成典礼大会上（李渭钫摄）

钱君匋夫妇在君匋艺术院

亲自掌勺，钱希林觉得开个小饭馆比侍弄那些草药有趣得多。钱君匋对父亲烧菜的手艺，直到晚年还津津乐道："我父亲烧得一手好菜，我自幼尝尽了各种美味，如'清煮河鳗''红烧河鳗'两种，当盛入青花瓷盆中，每一段河鳗都是直立的，排得整整齐齐，端上桌来，香气四溢，其味清腴鲜嫩，入口即化，无与伦比，其形可说是一幅法国大画家塞尚的静物画。我在别的地方从来没有尝到过这种高烹调技术做成的名菜……"然而钱希林并不想当一名出色的厨师，20世纪初邮电事业初兴时，屠甸的邮政业务归海宁硖石管理，钱希林看到这是一种商机，便在屠甸开起民信局，代办小镇与海宁硖石之间的邮件业务。据说之后这位精明的钱希林又开办过收购站、竹器店等日杂用品店。这些小店铺一个很明显的特点，就是居民需要什么时，钱希林就会去做什么，所以他生意不大，但变化很多，用今人的话说，颇有与时俱进的头脑。1954年9月2日钱希林病逝于故里屠甸镇，享年83岁，这在当时也算是高寿了。钱君匋的母亲程雪珍，是一位善良、心灵手巧、克勤克俭、善于理家的女性，据说她能剪一手漂亮的纸花，能用锡纸折元宝，她凭这一绝活，时不时地补贴家用。

钱君匋就是出生在这样一个医、商结合的平民家庭里，他刚出生时，因其生辰八字中五行少木，父亲钱希林就给这个儿子取名玉棠，学名锦堂，而君匋是屠甸方言中的锦堂谐音而来。因为钱君匋是长子，深得父母喜爱，后来，胞妹钱志英，胞弟钱金林、钱玉如、钱玉祥相继出生，钱家可以说人丁兴旺。最小的弟弟钱玉祥是1921年出生的，与钱君匋相差14岁。

屠甸这个水乡小镇上有一条小河由西向东缓缓而来，几座南北小石桥轻卧在市河之上，沿河的小街不长，但是几百米的街道上水阁、店铺鳞次栉比。水阁后面是市河，站在小阁窗前，可以倚窗观看来来往往各式船只。作为水乡，河道是最热闹的交通要道，也是最热闹的地方。连着市河的镇上还有不少称为"浜"的河港，分别延伸在市河南北两边。钱君匋出生时，镇上的古迹，似乎只有一座寂照寺，俗称屠甸寺，寺里每天的钟声准时响起，那种业精于勤荒于嬉的紧迫感，在少年钱君匋心里留下不可磨灭的印象。

钱君匋的童年时代是在画画的好奇和抗争中度过的。他的聪明好学，让他在四岁上下就能用炭粒在人家的白墙上涂抹，画小狗、画小鬼、画小猫。这种幼童的兴趣，在他进屠甸镇上陈家阁沈家私塾后依然不减，以致迷恋在"花擂子"画古代的将军，忘了背《千家诗》，让责任心很强的塾师拿起戒尺打了十次手心，怒吼着："不许再画！"倔强的钱君匋火了，一个小孩子挣脱了塾师的拉扯，顺手一捋，将放在讲桌上的砚台捋到地上，又不顾一切地将塾师的旱烟袋抛到窗外，然后连书都不要了，怒气冲冲地离开了私塾。

第二天，父亲来私塾把钱君匋坐的一把椅子拿回家去，钱君匋离开了这家私塾，转而进了屠甸唯一的小学——石泾初等小学。这个小学离钱家不远，就在寂照寺的方丈室里。老师钱作民是个比较开明的年轻人，私塾里不准画，画了要打手心的，而在小学里画画却成为一门功课，让小小钱君匋大为兴奋。渐渐地，他的画画、写字在小学里出了名，也常常受到钱作民老师的鼓励。

假如小学老师也和私塾老师一样，画了以后要打手心，恐怕钱君匋的书画才能在那个时候就会夭折。有了钱作民先生的呵护和鼓励，童年钱君匋愈发努力了，尤其是钱作民先生在课堂上的一席话让钱君匋牢记一辈子。钱作民先生说："你们喜欢临什么帖，可以自由选择，我不强求你们千篇一律，但是一定要用功，把字练好。这样，日后找到工作，人家看不出你的深浅，否则，纵有一肚皮学问，因为字写得差，往往被人轻视，甚至找不到工作。"

于是，钱君匋更加用功了，他回忆说："在前后两排教室之间有一条长廊，上面盖着瓦片，靠天井的一面是一堵矮墙，只有三尺高。上面用一尺见方的青砖铺成，不糊石灰，显得干净利落。每逢寒暑假，我便找一把棕帚，蘸着清水，在每块方砖上面写一个大字，等写到最末一块，先前写的字迹已被方砖吸收了，便再从第一块写起。"

当时钱作民老师认真看了钱君匋写在方砖上的大字，心情激动地对钱君匋说："好孩子！你小小年纪写擘窠大字，很好。但是不应当满足，光写大字还不行，还要练蝇头小楷，小楷将来应用的机会更多。"

后来，钱君匋听从老师的教导，苦练不已。让钱作民没有想到的是，在七十年后，钱君匋对写擘窠大字依然没有忘怀，见到桂林阳朔山上巨大的"带"字，立刻想起钱作民的鼓励，也想到自己的夙愿。1987年夏天，钱君匋应邀在莫干山小住，看到满山遍野的翠绿，就在宾馆的大厅里写了一个擘窠的"翠"字，镌刻在山崖石壁上，成为莫干山的一个景点。假如钱作民先生见到莫干山上的"翠"字，肯定会颔首含笑："很好很好。"

1921年6月，钱君匋以优异的成绩在屠甸崇道小学毕业，渴望升学的钱君匋因家庭经济拮据不能升学，辍学后便去屠甸西乡桃园头小学教书。这个小学只有几十个学生，钱君匋既是老师又是校长、工友，他既教语文，又教算术，也教常识。一个一至四年级的复式班，他采用分批讲授、分批做功课的方法，并以讲故事等形式吸引小学生的学习兴趣，不到半个月时间，这个闻名全县的差班，在钱君匋的调教下，居然秩序井然起来了，得到家长和桐乡教育部门的好评。但当他知道自己本来不高的十元月薪只拿了六元，还有四元被石泾区学务委员陈耐安侵吞后，小时候的犟脾气又出来了，他愤而辞职，并通过崇道小学的钱作民老师的介绍，免试去丰子恺任教的上海艺术师范学

钱君匋在君匋艺术院

校攻读美术和音乐。

这是 1923 年春天，钱君匋 16 岁。

1924 年的暑假，钱君匋回到老家屠甸，放下行李，立刻去向孙增禄、徐菊庵两位乡里前辈请教篆刻艺术。两位先生仔细看了钱君匋带去的印章，语重心长地告诫青年钱君匋："你这样瞎子摸天窗刻下去，要成为匠人，没有法度和味道。应该先照名家印谱刻几年，再寻自己的路子。现在吴昌硕的印很受欢迎，不妨找他的印谱篆刻。"

钱君匋恍然大悟，立刻找来印谱，一口气摹刻了几十方印，当钱君匋捧着去见孙、徐两位先生时，不料两位先生并没有赞扬他，反而皱着眉头对青年钱君匋说："吴老的味道你刻不出来，只觉得破破烂烂，像一团棉絮。"说完，其中一位老先生指点说："是不是再求远一点，学学赵之谦看。再说，只顾刻而不写篆书，不懂得笔意，进步自然缓慢，可以边写边刻，齐头并进。"

"写什么帖最能提高我的篆刻呢？"钱君匋有些着急而又热切地问道。

"如果学吴昌硕一派，那么可以买一本《石鼓文》来临一临；《石鼓文》与吴昌硕刻印的风格是分不开的。如果学赵之谦,要写赵之谦一路的篆书。"另一位先生想了想又说。

"什么叫《石鼓文》?"钱君匋此时还第一次听说,便问。

"《石鼓文》是中国古代的石刻文字,目前能见到的以此为最古,是用籀文写的十首四言诗,讲的是秦国国君游猎的情形,唐初在陕西凤翔出土,现存故宫。《石鼓文》的底子打好了,吴派的印也可以刻好。"

青年钱君匋牢牢记住两位乡里前辈对学问门径的指点,直到晚年还带着无限感念的心情回首往事。后来,钱君匋在母亲的资助下购得《石鼓文》,1925年,徐菊庵向钱君匋介绍赵之谦的《汉饶歌三章》,让青年钱君匋迷了几年,打好了治印学书的基础。

所以,钱君匋的书、印在前辈的指点下,从源头钻研苦练,打下了扎实的功力。在上海艺术学校读书时,还有一桩令钱君匋感动一生也终生受用的事,就是拜见吴昌硕先生。

钱君匋向母亲要2元钱买来《石鼓文》后,刻印十分用功,回到上海后,在吕凤子先生的指点下,又买来《吴昌硕印谱》仿刻。18岁的钱君匋沉浸在吴昌硕的艺术世界里。吴昌硕已经成为钱君匋的艺术偶像,他时时在作品中仰望着这位艺术大师。有一天,吕凤子先生忽然要去拜访住在上海北山西路玄庆里的吴昌硕先生,带上自己的得意门生钱君匋一起去造访。

六十年后,钱君匋有一段精彩的回忆,说自己随吕凤子老师上楼后,吴昌硕先生正在作画,待停笔后,激动的钱君匋才看清:"老人的仪表完全出我所料,精干矮小的个子,很少占领空间,灰色眉毛,十分慈祥,目光炯炯,机智而略带幽默感。眼角笑纹翔舞,流露出乐天、谦逊、平易,洞察力很强,自有一种光风霁月净化他人杂念的魅力,迫使我总想多看他几眼,捧着热茶杯也忘记烫手了。"

"坐吧!"老人招呼过一句,便和吕师谈论浙派印章方面的学问,钱君匋只是一知半解,所以不曾记住,又是晚辈,更不敢插嘴,兀自在吕师下首,比较局促。

钟声送尽流光

钱君匋的画与印

"我这个学生钱君匋，也在练习治印！"吕师怕钱君匋受到冷落，有意打破僵局。

"你很喜欢刻印吗？"老先生向钱君匋点点头。

"是的！"钱君匋起立作答，垂手鞠躬。

"坐下来说话，这么拘束干什么？你刻的印品是不是带来了？"他的询问带点少许鼻音，浓烈的乡土风味混杂在赣东浙西的语声中。

"老先生，我带来了！"

"请您老人家指教！"钱君匋双手奉上拓本。

吴老把拓本往桌上一放，戴上老花眼镜，默默地看着，左脚尖轻轻地叩击着楼板，仿佛在打着节拍。

吴老的双眉渐渐向鼻梁挤过来。

钱君匋的心往下一沉：真是太冒昧了，这样幼稚的习作怎么能拿来浪费老先生的时光呢？

拓本放在桌子上了，钱君匋更加后悔。

吴老沉吟片刻，两腮又绽出了笑容说："就是太嫩了，刻个十几二十年会老辣起来的，刻下去好了！"

"他刻过您的印谱，对您老很钦佩！"吕师也有点兴奋，边说边喝着龙井茶。

"我的印不好，没什么道理，古往今来，大家名手太多，就是刻得跟我一样也没有什么意思。要破陈法！你学我的东西感觉到什么地方最难呢？"

"清楚的地方难，模糊的地方反而容易刻得像！"

"哈哈哈哈！你不懂，再过几年你就会反过来讲了。等你到了一定的火候，明晰也好，混沌也好，都难都不难，气韵要贯注在每一刀每一画之中，全印要无懈可击。但是不要怕难，功到自然成！"

钱君匋先生19岁时见吴昌硕一面的情景，六十年后依然将吴昌硕老先生的音容笑貌保留在自己的脑海里，可见印象之深。当时带着钱君匋的吕凤子先生告诫钱君匋："你要终生发愤治学，才对得起老先生啊。"青年钱君匋记住了："是，我要终生努力！"

上海艺术学校毕业后返回故乡的钱君匋想通过老师丰子恺觅一份职业。在自己小学老师的鼓励下，钱君匋给丰子恺写了一封长信，报告学习情况和求职心愿。不久，期盼中的丰子恺的信终于来了，钱君匋满怀希望地小心翼翼地拆开，一看，蒙了，丰子恺在信中客气了三句后，竟是一封措辞严厉的批评信，指出钱君匋的信中措辞不当，语法修辞上的问题更多，还有不少错别字，因而丰子恺严厉地说："你这样的文字水平，即使有合适的工作，我敢介绍吗？"并要求钱君匋补补文化课！

这封信，今天我们已经无法再寻到，但读过这封信的钱君匋，心灵受到极大的震撼，没有想到温文尔雅的丰子恺先生竟这样严厉，没有想到自己在丰子恺老师面前竟会出这么大的洋相，羞愧得无地自容！平心而论，这几年钱君匋把心思主要放在篆刻、书法上，而在文化基础上用力不多，这是事实。

钱君匋毕竟是钱君匋，听到老师丰子恺这么直率的批评，并没有被击倒，仔细一想，丰子恺老师的信真是一针见血，切中肯綮！钱君匋接受了丰子恺的批评，他发誓要补上这一课。他还像学书法、篆刻一样，从最基本的学起，他找来一部商务印书馆出版的《实用学生字典》，从早晨到晚上，全身心地花在这部字典的通读和背诵上。

半年之后，当身体完全康复时，钱君匋竟能将这部《实用学生字典》全部背诵出来了！这扎实的文字功底，让钱君匋受益匪浅，他日后能写出大量的新诗和优美的散文，源头恐怕就在这里。在晚年一篇散文里，钱君匋说起这封信："18岁那年我毕业于上海艺术师范专科学校，丰子恺是我的老师。我毕业后没有找到工作，就写信给丰老师，请留心为我找个工作。我去的信中有错别字和不合语法的文句，丰老师回信指出，要我努力，把这些缺点弥补。我读了信就奋发通读了两遍《实用学生字典》，从'一部'读到'龙部'，虽是工具书，但我读来颇有兴趣。"后来钱君匋颇有成就后，丰子恺也感慨道："想不到当年我的一封批评信，竟起了这么大的作用，竟然逼出一个作家和音乐家。"

一生的努力和追求，故乡文化底蕴的熏陶，让晚年的钱君匋在书、画、印、文物鉴赏、音乐、文学等各方面取得很高的成就，成为中国书、画、印诸方面的一位大师。这位艺术大师也经历了20世纪人们所经历的历史沧桑，抗战、新中国诞生、反"右"、"大跃进"、"文化大革命"……钱君匋有过激动、喜悦、困惑，也有过屈辱和泪水！粉碎"四人帮"后，经过历史风雨的钱君匋迎来了人生的春天。他高兴，他连忙篆刻一方"君匋高兴"的白文印章，表达自己的心情。后来，政策不断落实，工资补发了，几年前抄走的《鲁迅印谱》发还了，四次全国文代会也有了钱君匋的身影，西泠印社75周年时，钱君匋当选为西泠印社副社长。尤其值得一说的是1980年，苦苦等待三年政策落实，终于彻底平反了，被袭没的自己的一幢四层小楼房产归还了，抄走的文物也陆续回来了，钱君匋刻了两方印章，一方为《庚申君匋重得》，边款为："余少贫，攻篆刻、书法、花卉，苦无名迹可循，中岁渐裕，乃广收之，得明清书画印千数百件，以为他山之石。1966年9月2日，尽失之洗劫。越13年，1980年6月27日，重归于余，不及其半，我心痛绝！君匋时年七十有五，目眚记于抱华精舍。"另一方印章是《与君一别十三年》。其情可感，其心可鉴！一位集篆刻、绘画、书法、音乐、封面装帧、出版、收藏等于一身的大家，遭此厄运，其心痛绝，是中国文化的悲哀。

钱君匋是幸运的，与他一样有造诣的艺术大师，不少已在反"右"和十年浩劫中带着遗憾和苦痛撒手人寰，有的甚至被活活折磨致死。钱君匋熬过了十年浩劫，幸运地走进一个绚烂的晚年。

晚年的钱君匋不仅是幸运的，而且是快乐充实的，距离发还第一批文物八年后，政策才真正落实彻底，房子全部归还，他走到被他人占用十多年的自己家的楼上，心情像打碎一个五味瓶，各种味道涌上心头。他写了一首七绝："周甲吾庐遭袭没，重归已过十七春，曾经屈辱抛云外，春回大地暖人心。"此时，被抄走十多年的文物也不断发还，钱君匋抚摸着分别十多年的心爱的印章等文物，百感交集，老泪纵横！

他仍像以往一样，将这些劫后幸存的文物重新整理装裱。这些印章书画等文物，流离失所十多年后，又回到家里，回到了"母亲"的怀抱。钱君匋又能朝朝暮暮地和这些印、书、画相伴了！这些书、画、印章是有灵性的，是几十年上百年的人世沧桑过来之物，阅人多矣！它们在钱君匋的生活里一起歌，一起哭，已经成为钱君匋艺术生活中不可分割的一部分，是钱君匋生命的一部分！

钟声送尽流光。当最后一批文物发还时，钱君匋已是近 80 岁的人了。他一生的艺术成就和这些艺术珍品有不解之缘，国画、书法、篆刻、装帧等，都无法离开这些艺术珍品。就连钱君匋的音乐、散文，尤其诗词创作，更是从这些朝夕相伴的文物里汲取营养。

其实，经过磨难之后的钱君匋在捧回久违的第一批文物时，脑海里就开始思考：如何保存好这些文物？古往今来，大收藏家、大艺术家的身后，兄弟反目，前人一辈子积攒起来的文物立刻星散、不知所终的情况，比比皆是。1980 年 6 月，广东的苏晨先生出差途中去上海拜访钱君匋，钱君匋曾谈到自己的想法："我在这些东西身上花了一生心血……我希望多些人知道这些东西在，以别再给那些见了洋钱就忘掉一切的人随便弄到国外去。十年动乱我国的文化遗产损失得太惨重了！我死的时候，我会把它捐献给国家。"

此后，如何安排这些一生心血积累起来的文物的想法一直在钱君匋脑子里盘旋。后来，钱君匋与邵洛羊、曹简楼、吴青霞等沪上书画家一起，到生他养他的故乡桐乡讲学、作画、参观。桐乡这片故土，钱君匋太熟悉了，水乡平原，丰沃富裕，民风淳朴，崇尚文化，他的朋友、老师如茅盾、丰子恺都是他的同乡，家乡人对文化的敬重，让钱君匋感动。茅盾逝世后茅盾故居的保存和设立，丰子恺逝世十周年时缘缘堂的重建，都让钱君匋动心。钱君匋萌生了"告老还乡"的念头。1985 年初，钱君匋在夫人和三个儿子的支持下，做出了将一生收藏的文物包括自己的作品悉数无偿捐献给国家，由故乡桐乡县人民政府永久保存的决定！这个决定震动了全国，震动了海内外艺术界。很快，桐乡县人民政府做出积极反应，在当时财政还不宽裕的情况下，拨款百万元，建立"君匋艺术院"，永久保存钱君匋一生心血的结晶。故乡立即派人去钱君匋家里协助整理文物，几个人整整整理了二十天。

钱君匋的决定做出以后，他一下子轻松起来。但他又是一个有情有义的人，他捐资万元，让著名雕塑家张充仁为茅盾塑一尊铜像，这尊半身铜像一直安放在乌镇茅盾故居供人瞻仰。

1987 年 11 月，故乡的君匋艺术院落成了。11 月 5 日，是秋天的一个平常的日子，钱君匋及其共患难的夫人陈学馨永远不会忘记这个日子。那一天，钱君匋相伴一生的文物，如书画、印章、书籍等，真的要离开朝夕相伴的钱君匋，送往故乡的君匋艺术院。当时去办移交接运的朋友告诉笔者，当时钱君匋夫妇一早起来，等候故乡的同志去接运。这天，钱君匋先生是要将自己相伴一生的"儿女"亲手交给后人去抚养了。钱君匋亲自上楼，捧着新罗山人的册页送给故乡来接运的同志时，老人的手有些颤抖。是啊，人生苦短，刚刚有些幸福感、成就感，已是 80 岁的老人了，假如人能活到 300 岁多好啊！艺术可以是浪漫想象，但自然规律却无法回避。钱君匋百感交集，半个多世纪的搜求，每一件书画都有一个故事，每一方印章都有一段往事，他有过购买赝品的屈辱，也有受文物贩子算计的无奈，也有求得名印名作的喜悦，也有于右任、丰子恺等前辈馈赠的温暖，也有友辈相互切磋的快乐。11月5日，钱君匋捐献的明代、清代、现代的名家书画、印章、原拓印谱、陶瓷铜石器及自作书画、封面装帧、书籍共4083件文物，要离开相依相伴的钱君匋，钱君匋的双眼有些湿润了。

君匋艺术院的落成定在11月10日举行，但钱君匋只隔了一天，即11月7日，立刻赶往桐乡，急于看看自己一手积攒起来的4000余件文物，运输安全吗？那边的摆放是否妥帖？有没有损坏？……笔者猜想，钱君匋在11月5日、6日的两个晚上肯定无法入睡，辗转难眠，所以7日一早就赶往桐乡君匋艺术院。

11月10日君匋艺术院开院之日，80岁的钱君匋神采奕奕，他以主人身份，在众多领导、朋友的掌声里，发表热情洋溢的题为《感想和祝愿》的讲话。

君匋艺术院建成，钱君匋又松了口气。此后的岁月里，他去日本办书画篆刻展，去香港冯平山博物馆举办"钱君匋书画艺术展"，去新加坡南洋美术专科学院举办"钱君匋书画展"，去美国、去菲律宾等，80多岁的钱君匋忙且快乐地奔走着。书，一本接一本地出版了，各种社会头衔也陆续戴在这位耄耋老人头上。91岁那年，他又捐赠书画文物1000余件给祖籍地海宁市，海宁又建了"钱君匋艺术研究馆"，1998年5月9日开馆。

此时的钱君匋已经一无所有，他将自己整个奉献给生他养他的故乡，献给中华民族。他的精神和艺德，得到党中央的高度重视，时任中共中央政治局常委、全国人大常委会委员长的乔石同志多次约见钱君匋，对他的艺术成就高度评价。

1998年7月4日，钱君匋住进了上海瑞金医院，三天后病危，8月2日10时23分，在瑞金医院逝世，享年91岁！一代艺术大师走完了近一个世纪的人生。钱君匋驾鹤西去了，但他九十多年人生道路上的艺术贡献永远留在生他养他的故乡。

（2008年）

广洽法师与石门缘缘堂

丰子恺故居缘缘堂自重建以后，广洽法师不顾年迈，从 1985 年 9 月至 1990 年 10 月的五年时间里，先后三次专门从新加坡亲临缘缘堂，缅怀、追思好友丰子恺，并慷慨资助缘缘堂建设。

坐落于浙江北部杭嘉湖平原、古运河之畔石门镇的缘缘堂，是我国现代漫画大师、散文家、教育家丰子恺先生的故居，建成于 1933 年，毁于抗战初期。当初日寇的战火无情地将缘缘堂吞噬后，丰子恺先生悲愤万分，写了著名的《告缘缘堂在天之灵》《还我缘缘堂》《辞缘缘堂》三篇散文，表达自己对缘缘堂的喜爱和对日本侵略者的愤恨之情，成为现代文学史上的名篇佳作。后来，被毁的缘缘堂一直未能修复。在丰子恺先生逝世九年之际，当地政府决定重修缘缘堂，以纪念丰子恺这位艺术大师。远在新加坡的广洽法师得知缘缘堂重建的消息，十分欣喜，慨然资助人民币三万元，以盼尽快建好缘缘堂。

1985 年 9 月 15 日，广洽法师协助重建的丰子恺缘缘堂经过一年努力，要举行隆重的落成典礼了。广洽法师不顾八十多岁的高龄，专程从新加坡赶到石门镇，参加缘缘堂落成盛典。这里有一个插曲，笔者印象特别深。在举行落成典礼的前一天，即 9 月 14 日，笔者和有关部门同志一起驱车，专程去上海迎接广洽法师。法师知道我们专程迎接他，特地在上海国际饭店置办素食，招待我们。午饭后，法师稍事休息，即坐我们的皇冠轿车回桐乡，同行的有丰一吟老师、毕克官先生等。当车开出市区，奔驶在上海郊区时，广洽法师乘坐的皇冠轿车在一个拐弯处与一辆装满毛竹的货车交会，突然，那辆车子上的毛竹却在两车交会时飞散下来，说时迟那时快，小车司机猛一刹车，毛竹钻进轿车的车底，避免了一起车祸。此时，广洽法师正端坐在小车后座位上，大家吓出了一身汗，广洽法师却毫不惊慌地下车看了看，见小车无损，又泰然地上车。事后，大家都笑道，是佛保佑法师。那天，从上海到桐乡石门镇，汽车走了三个多小时，法师也不觉得累。

缘缘堂落成以后，每年国内外来参观访问者逾万，丰子恺博大精深的学识和率真平和的人品，深得人们敬仰。鉴于广洽法师和丰子恺的深厚友谊，当地政府特地在丰子恺缘缘堂辟一专室，陈列广洽法师和丰子恺交往的实物和史迹。以后的几年里，广洽法师每次来中国，总要到缘缘堂访问，寄托自己对老友丰子恺的缅怀之情。1994年2月24日，这位弘一大师的弟子、新加坡佛教总会原主席、龙山寺住持、新加坡公共服务星章荣获者、一代高僧广洽法师，神情安详地圆寂于新加坡，享年95岁。他和丰子恺的友谊，对缘缘堂的关爱，永远遗爱人间。

（1995年）

怀念岳石尘先生

　　浙江文史馆馆员、浙江桐乡102岁高龄的岳石尘先生仙逝的噩耗传来，仍然让我惊愕！岳老先生虽然生于1902年，但他的身体在他同辈画家中一直是最好的，90多岁时还每天打扫庭院，上街买菜，仍然每日作画不辍。2003年春天"非典"猖獗时，岳老先生也住过一段时间医院，出院后，身体还不错，仍是每天作画。所以，我的脑子里一直以为岳老先生在水乡小镇上作画呢，不料在颇有收获色彩的季节里，他竟然仙逝了。友人们都为失去一位世纪老人而悲痛不已！

　　记得20世纪七八十年代之交，"文化大革命"后新组建的桐乡县文化局为岳石尘先生举办一个画展，选择八月十八日在海宁观潮胜地举办，但由于"文化大革命"十年，文化复兴还没有到火候，那次画展没有多大反响。80年代中期之后，桐乡相继修建丰子恺缘缘堂，保护、修葺了乌镇茅盾故居，新建了君匋艺术院，文化事业首先在有深厚文化底蕴的桐乡县悄悄地复兴，并很快为人们所认识。于是桐乡年逾古稀的岳石尘先生被人们所重视，拜访者、求画者接踵而至，并且有爱好者考证出岳石尘先生是南宋名将岳飞的二十八世孙，也查到了家谱。当时，我在桐乡县工作，并顺便主持县文联工作。创办县文联时，我们大家都不约而同地想到岳石尘先生等桐乡文艺界前辈，请他担任县文联名誉主席。说实话，一个县的文联因为有老前辈的支持，我们一班人都干得很踏实很放开，也干得顺心顺手，还被评为全省先进文联。这主要和这些老前辈的庇荫不无关系。岳老89岁时，当时县里领导和一些当地文艺界同仁替他办了个小型祝寿会，本来慈眉善目的岳老先生更是笑得合不拢嘴，和他夫人一道开开心心地和大家合影留念。当时的情景，至今还留在我的脑海里。

后来，我离开桐乡去杭州工作，但我仍和桐乡文艺界朋友保持着联系，一有机会聊天，总要问及岳老先生的近况，所以虽然见面少了，但情况还是清楚的。20世纪90年代中期，台湾中视公司的裴恩伟先生来访，谈到合作事宜时，我把想将岳石尘、谭建丞（湖州耆宿）两位近百岁老人的书画在宝岛台湾办个画展的想法说了。不久在裴恩伟先生的鼎力相助下，这件事办成了，他们还印了漂亮的介绍册页，这两位百岁老画家的作品在台湾引起轰动。可惜台湾举办画展时，两位前辈年事已高，无法亲自去台湾。台湾画展结束不久，谭建丞先生仙逝，我们庆幸去台湾的画展搞得及时。2002年5月11日，我在温哥华一个叫重庆大酒店的中餐馆用餐，刚坐下，忽然四幅花鸟条屏映入我的眼帘，好熟悉啊，仔细一看，竟然是岳石尘先生的花鸟画，在异国他乡见到，特别亲切。虽然岳石尘先生在海内外颇有影响，但他依然淡泊名利，真正做到宁静致远。上海、北京、台湾、杭州等地向岳石尘先生求画者络绎不绝，他依然在小镇上静静地作画。其间，我和篆刻家、浙江博物馆副馆长鲍复兴兄去看他，画室里的画桌上始终铺着宣纸，墙上挂满了已画和没有画完的画，并写上名字、单位，他一丝不苟的态度让我们肃然起敬。

2003年的春节里，竹刻家叶瑜荪兄告诉说，岳老的大型画册《岳石尘书画》即将印出。我听后非常高兴，觉得像岳石尘先生这样淡泊名利的老画家，确实更应该留下点什么，后来瑜荪兄送来印好的画册，岳老先生亲笔题上要送的人的名字，让我在杭州代为分送喜欢他画作的人。当时我还听说，他是在医院里，抱病在画册上给要送的人题名的，我听后非常感动，100多岁的老人送书，竟如此认真和谦恭，让我们这些了解他的人都感动万分。

岳石尘先生以画花鸟画著称，他的画质朴、古逸、自然、平和、大气，同时带有水乡古镇特有的滋润的那种富贵气，因而惹人喜爱。收藏他的画的，上至高官，下至百姓。尤其是他晚年这二十余年间，既是他一生的丰收期，也是他创作的黄金时期。记得80年代中期，丰子恺缘缘堂故居落成，来自北京、上海、杭州的一大批名画家为缘缘堂作画。后来这些画作公开展出后，来缘缘堂参观的人，对其中岳老先生的一幅水墨牡丹大加赞赏，认为这幅画是其中最好的一幅之一。后来，我曾问过岳老先生，当时这幅画是怎样画出来的，他仍然笑眯眯地对我说，当时人特别多，桌子上的颜料他没有轮上用，便在边上用墨汁画了一幅水墨牡丹。就是这样，在乱哄哄的条件下，不经意画出一幅精品，所以，我这个门外汉后来见到别人画的牡丹，总要想起岳老先生在石门缘缘堂画的水墨牡丹，总觉得岳老先生的这幅水墨牡丹是最好的。

听到岳老先生仙逝的消息，尽管他有 102 岁的高龄，仍不大相信这是真的。但收到讣告，才知道慈眉善目的岳老先生真的已驾鹤西去了。他整整一个多世纪的平淡人生，没有显赫的地位，却留下了难以计数的画作，让后人去品味欣赏。因此，后人怀念岳石尘先生时，可以看看他留下的画作。这，也许正是一个人的价值所在。

（2004 年）

怀念于梦全老师

岁末年初，又到了给亲朋好友寄贺卡的时候了。这小小的贺卡，既是一个牵挂、惦念，也是表示心里的祝愿。在我离开桐乡到杭州工作的这些年，每逢岁末年初，总能如期收到于梦全老师的贺年卡。他的贺年卡一如他的人品，每个字总是写得十分工整、谦恭，写上太平弄44号和自己的名字后，还要写上"鞠躬"两字，同时还要盖上一方自己的章，让我感到格外温暖和亲切。于梦全老师的贺年卡成为我每到岁末年初的一种期盼。所以，他十多年来给我寄的贺年卡我都收藏着，收藏着一份暖人心的阳光和温暖，也收藏着前辈的一份真挚感情。然而，近几年，我每到岁末年初的时候，心里总有些空落落的寂寞，原来，每年如期给我寄贺年卡的于梦全老师已经走了。

今年，又到岁末年初的时候了，窗外阳光一片，水仙花正开着，散发出淡淡的幽香。我在办公室整理各处友人寄来的贺年卡时，依然想起过去每年如期而至的于梦全老师的贺年卡，十分怀念和惆怅！这时我的手机突然响起来，一看号码，有些陌生，一听，原来是于梦全老师的公子于之刚同志打来的，告诉我，他准备出一本纪念他父亲的文集，纪念他父亲九十华诞，让我为这个纪念文集写个序。当时我觉得奇怪，怎么我在想起于梦全老师寄贺卡的事，会突然接到他儿子嘱我写文章的电话？当时我表示："一定写！"

其实，我早就想写一篇怀念于梦全老师的文章。于梦全老师是一位值得所有认识他的人怀念的前辈，我与他有过二十多年的交往，其间常常得到他的鼓励。

与于梦全老师最初在什么地方认识的，我已经记不起来了。但是自从认识于梦全老师以后，总觉得认识于梦全老师好像已经很久很久了。那时，我先后在桐乡县委宣传部、文化局、文联工作。虽然宣传部是党的部门，文化局是政府行政部门，然而这些工作，都离不开文教界德高望重的前辈的关心和支持，而文联这样的群众团体，更要靠文艺界的同志共同努力和支持帮助。那时，我与于梦全老师常常在有关会议上和文艺活动中见面。我当时的感觉是，与于梦全老师接触，常常有如沐春风之感，他总是鼓励，总是替人着想，总有一股暖流在温暖着与他有过接触的人。在我的工作和生活经验里，桐乡文艺界的前辈们都有这样的一个境界。所以，我在桐乡工作的日子里，既能感受到组织的关怀和培养，也能感受到前辈们的阳光和温暖，因此至今仍有一种生为桐乡人的幸运感。记得20世纪90年代初，当时我们商量着文联出面为在崇德的几位七十岁的老前辈祝一次寿，其实仪式并不豪华，只不过是表达一下我们的一点敬意。但是，后来于梦全老师多次和我说起那次集体祝寿的事，眼神里流露出高兴和怀念之情。我说，应该的。其实，我们可以为这些德高望重的前辈做更多的事，但是我们还做得不够。我还记得，我在县委工作的时候，一次去崇福镇检查工作和调研，上午抽空去太平弄看望于梦全老师，在那有着几十年历史的老房子里，于梦全老师和我们坐在竹椅子上愉快地聊天儿，师母忙进忙出地给我们做午饭。那天，于梦全老师很开心，我们吃过午饭离开时，他再三说："下次再来，下次再来。"一直送我们到弄堂口。其情其景至今仍然历历在目。

后来我到杭州工作以后，再也没有机会到太平弄于梦全老师家里吃饭了。但是，我们一直保持着联系，开始时写信，后来打电话，有时一忙，好长时间没有联系，桐乡的朋友就会告诉我于梦全老师的近况。于是忙给于梦全老师打电话。有时，于梦全老师说完话，师母又说几句，此时一种幸运感油然而生。人生有幸认识于梦全老师，不论何时何地，都能感受到于梦全老师给予的温暖。所以今天回想起来，我在与于梦全老师接触过程中，处处感受到他是一个达观而高尚的人，是一个大度而无私的人。他曾经受到过不公正的待遇，遭受过二十多年苦难生活，但在我的印象里，他对共产党、对我们的人民政府，从来没有说过半句怨言。80年代后期，大家的生活水平提高很快，住房都改善了，他依旧住在老房子里，但他从来不抱怨生活。然而，当朋友家里有什么事，他会倾力相助。我知道，1975年丰子恺先生去世时，"文化大革命"还没有结束，于梦全老师自己还在底层，他不顾自己的处境，专门到上海帮助丰家料理丰子恺老师的后事。这部纪念文集中许多充满深情的回忆文章也同样可以处处看到于梦全老师自己站在雪地里还给人家送温暖的真实往事。这些写纪念文章的同志，我大部分都认识，他们过去很少说起于梦全老师的往事，但是几十年过去了，他们依然忘不了于梦全老师那些让人无法忘怀的往事，字里行间饱含着对于梦全老师的怀念，对于梦全老师的人品、境界、学识的敬仰。

于梦全老师离开我们已经有五年了，但是他的音容笑貌始终在我们记忆里，他的人格、他的胸怀、他的学识值得后人永远怀念和学习。于之刚同志送来纪念文集打印稿嘱我为纪念文集写个序，我没有推却，我把我对于梦全老师的怀念写出来，作为代序，与大家一起怀念这位好人。

（2013年）

怀念吴奔星先生

看到《文艺报》的讣告才知道我所尊敬的吴奔星先生真的离我们而去了，心里十分怅然，也十分歉然。近些年，我知道吴老年事已高，不便过多打扰，所以只是在心里默默地祝愿他平安健康。杭州与南京虽然距离并不遥远，但信息并不通畅，吴老先生近几年的近况没有人告诉我，偶尔在某个纪念日的北方报纸上读到吴老的诗作、短文时，心里便生出些许慰藉。记得 2000 年时，我主持单位搞的一场钱塘江大潮的电视直播，是与中央电视台联手进行的，工作准备了很久，终于在农历八月十八那天如期直播，产生了很大的影响。后来，我收到吴老的来信，他说他没有到过海宁看世界闻名的钱塘江大潮。言下之意，很希望看看大潮。当时我担心吴老年事已高，没有敢盛情相邀。但这件事一直沉甸甸地压在我心里，觉得歉意万分。直到看见讣告，才知道这已经成为永远不可能弥补的缺憾。还有一件事我也一直觉得对不起吴老。20 世纪 90 年代前期，大约在 1993 年至 1994 年之间，我和几个朋友合作编写了一本《茅盾诗词笺注》，写完后向吴老索序，因为吴老既是诗人又是诗评家，也是茅盾研究的前辈、专家，这个序由他给我们写是最合适了。给他去信后，吴老很快给我来信表示同意，后来热情洋溢的序也寄来了，给拙作增色不少。但是，这书稿存一家出版社一躺就快十年了，至今未能出版。因而连同吴老的序也未能面世。这件事，我也同样觉得愧对吴老。那天，我看到《文艺报》上的讣告后，又立即给那家出版社的朋友写了信，觉得再拖下去，更是愧对吴老的在天之灵呀！

上个世纪 80 年代初，我在业余研究茅盾过程中，觉得资料匮乏，许多过去的现代文学研究专著经过"文化大革命"折腾一时都找不到了，其中包括吴老 50 年代的《茅盾小说讲话》。记得 1981 年我第一封给吴老的信还是寄到徐州师范学院的，当时他回信告诉我，这本书即将由四川人民出版社重印。后来吴老还将我给他的信的内容写进这本书的后记里，他说："其中特别应该提到的是沈老的故乡浙江桐乡县委宣传部的一位同志来信，说我的这本书，在桐乡县'多方寻找，均不可得，感到万分遗憾'。为了答谢其盛意隆情，我告诉他这本书即将再版，借以纪念茅盾逝世一周年。"这里的"桐乡县委宣传部的一位同志"就是指我。当时我还是二十多岁的年轻人，在浙江桐乡县委宣传部工作，吴老对我这个从未谋面的年轻人的求教，如此热情，对我的激励，至今想起来依然像昨天一样。1982年8月四川人民出版社出版了经吴老修订的《茅盾小说讲话》。吴老收到样书后，立刻于1982年11月签名后给我寄来。当时捧着吴老从徐州寄来的新作，我感动万分，这也坚定了我业余时间研究茅盾文学的信心。

1983年3月，第一届中国茅盾研究学术讨论会在北京召开，吴老是学术讨论会的发起人之一，我是会议代表。会议在西苑饭店召开，我在会上第一次见到吴老，在他住的房间里，我们一边说着话，我一边环视吴老住的房间，房间倒不小，但设施十分简陋，旧的席梦思床前有一对旧沙发，暖气管上似乎还有灰尘。当时与吴老住在同一个房间的还有其他同志，我记不得是谁了。但在吴老的房间里，我见到南京的杨先生，他有一篇关于茅盾的文章发表在一本叫《朔方》的杂志上，刚刚印出来，拿来送给吴老，我也得到一本。那天见面，杨先生还为我和吴老拍了一张合影，可惜房间光线不好，效果并不理想，但这是我与吴老最早的一张合影，我依然珍藏着。

吴老的热心无私和奖掖后人的精神，不止上面这几桩小事，还有许多在今天看来是往事但在我看来是刻骨铭心的感激。上个世纪80年代中期，我将一些已发表和未发表的文章以"茅盾与故乡"为主线整理成一本书，以《茅盾与故乡》为书名交出版社出版。当时，书编妥后我立刻想到，请吴老为拙作赐序，当时他收到我的信之后，立刻亲自动手写来一篇热情洋溢的序，序文的字里行间洋溢着奖掖和真知灼见，他从自己对鲁迅、茅盾研究的心得和对乡土文学的看法入手，充分肯定我的研究方法。他这篇写于1986年7月26

日的序文，我每次重读，一种长辈关爱的温暖充溢了我的全身。五年后，书终于由四川文艺出版社出版了，我立刻给他寄去样书并表示感谢。说来也是缘分，当时为我这本《茅盾与故乡》当责任编辑的段百玲老师，也就是几年前吴老《茅盾小说讲话》的责任编辑，所以，当时我与段百玲老师通信时，总要聊到吴老的近况，而吴老给我写信时，也总要问起段百玲老师的近况。

　　记得吴老送我的最后一本书是《虚实美学新探》，是 2000 年的五一节他亲笔签名后寄给我的，当时他还细心地附了这一年 3 月 18 日《文汇读书周报》的介绍文章，并在上面写了附言，短短的几句话中还专门问及《茅盾诗词笺注》一书的出版情况。所以，今天想起来，我仍觉得愧疚。吴老一生历经坎坷，但对后学仍是那样充满关爱和温暖。二十余年来他给我的每一封信，我都珍藏着，珍藏着这份关爱、这份温暖。现在吴老已经永远离我们而去了，他生前想看看海宁潮的愿望和他写序的书迟迟未能出版，已成为无法弥补的缺憾，也已成为我心头永远的歉疚。吴老，您尽管已是 92 岁高龄，还是走得太快了，连我弥补缺憾都来不及呀！现在夜已很深了，窗外仍旧是酷暑伴随着城市的喧嚣，吴老，我又想起 18 年前的 7 月，您不也是冒着酷暑高温为我的拙作《茅盾与故乡》写《文章千古事，得失别人知》的序文吗？即使十八年过去了，您也远走了，但我还要向您的在天之灵说声谢谢！

（2004 年）

痛悼褚钰泉

老褚，你就这么走了，叫我怎么相信呢？自从你走了以后，我常常觉得这不是真的，因为就在你走的前两天，我们不是还打了十多分钟的电话聊天儿吗？那天我听得出来，你也很高兴，说第 44 期的《悦读》出来了，已经寄出了，还说哪篇文章值得看看，我听得出来你对这一期杂志内的几篇文章还是很满意的。我们还说到共同认识的朋友的近况，说到一位你的作者同时也是知识界前途无量的领导，因为我在北京中央党校读书时有过一面之缘，听到过不少他的德和才的传说，我问你，最近有没有和他联系。你说，没有联系，但是一直给他寄杂志，我说最近他从地方又回到首都。你说，是的。对这位作者，你没有因为他在高层而经常联系，但你又是从心底里欣赏他，喜欢他。我们都认为，这样的知识分子在高层工作是国家之大幸！在电话里，我们相约，春暖花开时，我们在杭州相聚。那天，我放下电话，和每次与你打完电话一样，心里始终觉得暖洋洋的！谁能想到，1 月 13 日晚上 9 点 54 分，我收到晓平兄的短信，说你在 9 日走了，看到这个信息我怎么能够相信呢？这怎么可能呢？我立刻和晓平兄通电话，此时的晓平兄和我一样，沉浸在悲痛中，告诉我是真的。我又立刻给贺社长打电话，没有打通，估计他也和我们一样，无法接受这样的事实。我又给小齐打电话，她哽咽着跟我说，她也是刚刚得到消息，我说怎么可能呢，我对小齐说，前几天我们在电话里聊起你，老褚还表扬你呢。放下电话，我的眼泪再也控制不住了。认识你二十余年来，和你交往交流，总让人感到如沐春风，和你总有说不完的话，即使说些不开心的往事，我们都觉得话还没有说够，还希望下次找个机会再聊，所以我一直盼望着下一次和你说话聊天儿。可是，让我万万没有想到的是，那次在电话里聊天儿，竟然是我们二十多年来的最后一次在电话里说话。

老褚，记得二十多年前我们见面的情景吗？由黄育海兄介绍，在杭州的一家餐厅吃饭，那时你在主持《文汇读书周报》，你的同事中有一位曾经下放在我老家的一个叫高堡桥的地方，于是大家的话就多起来。那时，我知道，你和我一样，也不喝酒，但是我非常乐意听你讲文坛上的往事，从听你讲往事中，我深深为你的学问、人品所折服。我知道，对书、对出版的情怀，是你一直以来的追求，你在编辑的位置上，默默无闻地为作者做嫁衣。无论作者是认识的或者不认识的，地位是高还是低，有名气还是没有名气，在你眼里都一视同仁，你看重的是作者的文章质量，所以在你编周报时，有多少专业的或业余的作者在你的周报上发表文章。在你的朋友中，不少是国内外知名作家和学者，有德高望重的文坛前辈，也有位高权重的领导，而你从来没有在聊天儿中炫耀过，从和你的聊天儿当中我知道了什么是一个人的品格。你的情怀和正直，常常让我心存敬仰，我觉得和你、晓平兄、贺社长等几个情投意合的朋友在一起聊天儿是一种高级享受！所以，自从认识你以后，我们常常找机会见面聊天儿，我们不讲究场面，西湖边的郭庄、杭州的虎跑，一杯清茶，我们常常因为聊天儿而忘了吃饭时间。我们这样的相聚，每年总有几次，而在杭州等你们几个朋友过来相聚，成为我日常生活中的一种期待。

后来，你离开了你心爱的《文汇读书周报》，那时，你专门给每个朋友寄去一封信，通知每个朋友，把自己的通信地址详详细细告诉大家，包括邮政编码、电话号码。老褚，你知道吗？你的这一封信，一张纸，十多年来，我一直好好保存着，前天我拿出来看时，我的眼泪依然无法控制。想起二十多年来你对我的呵护和厚爱，怎叫我不心痛啊！我们几个朋友中，谁有开心事你也开心，谁有烦心事，你也常常跟着烦忧，还想方设法开导朋友。在这么多年里，我的工作也变化了几次，从电视台到出版局，再到省委机关、政协的专门委员会，每一次变化，你都为我高兴，直到你走的前几天打电话时，我告诉你，我年龄到岗了，从领导岗位上退下来了，你说，太好了，这样，我们可以多聊聊天儿了，你也可以多写点文章了。我知道，这么多年来，你每次给我发表文章，总是先写一个条子，第一时间用快递给我寄过来，说让我先睹为快。我明白你的高情厚谊，所以我把你给我的每一张便条，都完整地保存着，保存着老褚你对我的厚爱。我也知道，老褚，你编《悦读》，是你的情怀所在，也是为了朋友的事业，和你编《文汇读书周报》一样，这是你人生中值得记上的功德无量的事！你常常和我说起张秋林先生的德和才，他把二十一世纪出版社领导到全国同行的前列，而你为二十一世纪出版社编辑的这份杂志，不光是为二十一世纪出版社锦上添花，也是为我们这个国家的出版文化添上浓墨重彩的一笔！一个人十多年来从上海到南昌来回奔波，目的就是让这个杂志在文化界、知识界达到一个新高度！44期，你已经走到了这样一个高度！但是你那么辛苦地付出，你从来没有说过一个累字，朋友张秋林一如既往的充分信任让你在劳累中依然感到温暖。有一年，你陪张秋林社长来杭州，我们在西湖边的"味庄"相聚，因为有你的介绍，我和张社长秋林兄同样一见如故，那时的气氛，至今想起来依然暖暖的。所以，我每次收到你寄过来的杂志，我们总要打电话聊天儿，聊作者和杂志上的文章，我是多么想听你的编辑经验和编辑故事，如今，这样的经验和故事到哪里去听呢？

老褚，去年有一次你来杭州，我们在西湖边的茶室聊了一会儿，大家就转移去杭州西边的一个地方，我因为有会议不能陪你们一起去。当时，你似乎不大想去，说了一句让我感动和温暖一辈子的话，你说，和老钟聊天还没有聊完呢，到杭州就是要和老钟聊天儿来的。我安慰说，明年春天再来住几天吧。但是万万没有想到，2016年的春天里，你再也不能来杭州聊天儿了！老褚，你走了以后，我都不敢和晓平、贺社长打电话，说起你，我们谁都无法控制自己的眼泪，少了你这样的好老师、好朋友，我们感到寂寞，感到无比的心痛。时间一天天过去，我们对你的思念，依然没有减少，尤其春天来了，你却永远不来了，叫我们情何以堪！老褚，你好好的，怎么就走了呢？叫我怎么相信？老褚，有来生，我们依然做朋友，我依然尊你为老师！

（2016年）

想念徐重庆

　　2014年9月，突然之间，我特别想与徐重庆兄通电话，但是，不知道什么缘故，连续打了好几个电话，都没有人接。奇怪，我过去给他打电话，几乎是一打就通的，怎么现在连续打那么多都没有打通呢？心里感觉很特别，也很奇怪。

　　这时，宁文兄也给我发短信，问重庆兄的电话怎么打不通，我感觉好像宁文兄有事情要和重庆兄商量，也找不到他。所以我赶快打电话给龚兄，问："怎么打不通重庆兄的电话？"龚兄说："先生很好啊，没有什么事的，昨天我还去先生他那里聊天儿呢。"湖州人都叫重庆兄为"先生"，表示尊敬、尊重。龚兄还说，他正在开会，一会儿告诉我重庆兄的手机号。因为几十年来我一直给重庆兄打家里电话，所以我没有他的手机号码。后来，与重庆兄通了电话，告诉他宁文兄在找他。与重庆兄通了电话，心里感觉很踏实，那种不安立刻云消雾散。

　　通电话后没有几天，我就带队去一个地级市巡视，刚去了一个星期光景，一天早上，我刚刚吃过早餐，正在回招待所房间的路上，忽然接到龚兄打来的电话，说："你知道吗？徐先生的事。"我说："什么事？不知道啊。"他说："徐先生中风了，正在抢救。"我一听，脑子里一片空白，这怎么会呢？前几天我们通电话时还和平常一样，没有半点异常。怎么突然会出现这样的情况？龚兄简单给我说了一下情况。这一天，我的心情极为糟糕，非常担心重庆兄的病情。因为公务在身，没有办法离开岗位去湖州，此后只是每天和龚兄通电话，知道重庆兄的情况。同时又和湖州市文化局的宋局长打电话，了解情况，希望文化局帮助。好在重庆兄在湖州的朋友都非常尽心竭力，宋局长和龚兄他们非常努力，都在千方百计为重庆兄提供医疗条件，湖州朋友们一以贯之的友情让我感动万分！后来，我专门去湖州看望重庆兄，看着无法说话的重庆兄，我心痛不已！心中默默盼望奇迹降临，希望他能够转危为安，早日康复。

我与重庆兄的交往，始于几十年前的 70 年代末，当时我在桐乡县委宣传部工作，"文化大革命"后百废待兴，大家都希望把荒废的读书时间抢回来，业余时间努力读书是当时我们年轻人的一种精神状态。

我的业余兴趣在茅盾研究上，与茅盾相关的文章也在我的关注、学习之中，当时重庆兄虽然年轻，但在现代文学研究界已经很有名气，我慕名给他写信，他很快给我回信，从此，我们开始通信，至今，已经快 40 年了。几十年来，我一直视重庆兄为兄长、老师。在他面前，我可以无所不谈、无话不说。当然谈得最多的，还是读书和研究上的事，正是他几十年来对我的鼓励和帮助，让我在研究茅盾的道路上能够一直坚持，而他的为人和作风，也一直让我敬重和学习。记得当时我们年轻，写点文章，不管好不好，就想发表，重庆兄就不厌其烦地帮助推荐介绍；有时候，写文章需要了解有关史料，与重庆兄一说，他就毫无保留地提供给我研究，还说，史料不能当研究者个人的私人财产，自己掌握的材料，自己不用，也不肯给人家研究，这是不利于学术研究的繁荣的。我到现在还在想，重庆兄的这个境界，恐怕在现在的学术界也是很高的，为许多人所不及！

记得当时我们通信很多，但是一直没有机会见面，直到 1982 年，我去嘉兴地委党校一年制中青班学习，党校在湖州郊区的三天门，这时我才有机会在星期天常常进城去找重庆兄聊天儿，那时没有手机之类的通信工具，联系主要还是写信。有一次，我坐公交车进城去看望重庆兄，因为没有联系，而且去得也早，就直接去他家里，当时，他还在睡觉，他的床就在一个过道上，里面的人进进出出，都要路过他睡的地方。我见他睡着，就在他床前的一个凳子上坐着，等他起床。后来，我才知道，他的"人间过路书斋"，原来就是这个地方。后来有一次，我去他的办公室看望他，发现他抽烟抽得很多，当时我也有抽烟的习惯，但是抽得不多，我看见他的一堆书上面，放着用过的一摞空火柴盒子，一只一只地堆上去，已经摞得很高了，中间的火柴盒子上写着"永不低头"四个字，原来重庆兄在宣示不戒烟。因为将"永不低头"四个字写在不断增高的火柴盒子上，很幽默，使我印象很深，过去几十年，我仍然记得很清晰。

我与重庆兄见面的次数并不多，几十年没有超过二十次，但是写信却非常多，重庆兄写给我的信，有几百封，我都完整地保留着，保留着这份人世间难得的友情和真情。

近年来，由于通信工具的变化，我们打电话多了，但是我有时候还是喜欢给他写信，讲一些工作和读书中的情况，我给他去信，几乎可以说，他收到以后，立刻就回信给我，从来没有不回信的。而且在信中，几十年如一日，总是十分谦恭而且对我十分关心，让人展信一读就感觉十分温暖。2014 年 7 月 1 日的来信，是我收到的重庆兄最近的亲笔信，信里面讲的事情，都和往常一样，谈一些读的书和想法。

那时，我记得篆刻家鲍复兴先生的《缘缘堂印谱》刚刚出版不久，因为这本书构思比较别致，加上鲍先生的篆刻水平一流，很让人喜欢。重庆兄在前面给我的信中提到过《缘缘堂印谱》，后来，我赶快给他寄去一部印谱，所以在 7 月 1 日给我的信里首先提道："我原以为《缘缘堂印谱》兄有复本，想不到兄将作者的签名本寄来了，真不知如何感谢兄。此印谱印得甚精美，选题亦佳，很珍贵。"因为我与鲍复兴先生联系多，住得近，随时可以去要《缘缘堂印谱》，所以就将我手头的书寄给他了。在这封信里，重庆兄还讲到他为湖州市博物馆牵线，让在北京的赵先生将祖传红木家具贡献给湖州市博物馆，市政府给重庆兄奖励但被他谢绝的事。他在信中说："事办成了，也就结束了。"为家乡办了这么大的好事，在重庆兄的心里，竟然这么平常！这与他一直坚持淡泊名利的宗旨不无关系。

可是，现在重庆兄何时康复？我知道，全国各地的重庆兄的朋友，都和我一样，希望重庆兄尽快康复！这样，我们就又可以收到重庆兄笔迹清秀、充满温暖的来信了！真的，重庆兄，我们都很想念你！

（2016 年）

怀念陆文夫先生

那天，当地时间 7 月 10 日上午，我在美国洛杉矶的高速公路上，坐在一个朋友的汽车里一边听洛杉矶城市电台的中文节目，一边聊天儿。突然，电台里在播一条陆文夫先生去世的电讯稿，听到这条消息，我惊愕得一时语塞。因为在出国前，我刚刚买到陆文夫先生在上海出版的散文百篇精选，本来好久没有与陆先生联系了，想等出国回来，再与陆先生联系。没有想到在国外竟会听到陆文夫先生去世的噩耗！电台里播出的内容早已换了，但我仍沉浸在陆先生去世的悲痛中。

我与陆文夫先生是在一次偶然的例行公事的接触中认识的。上个世纪 80 年代中期，我在桐乡县委宣传部工作。记得当初有一个不大不小的政治运动，陆文夫先生的小说《围墙》发表后引起轰动，中共河北省委曾将《围墙》作为推动改革的教材推荐给全省干部阅读，以期解放思想推动改革。当时我读过这篇小说后，也推荐给当时我们的县委书记，后来他在全县干部大会上也给全县干部推荐过这篇小说。

隔了两年后，当时嘉兴市文联的朋友曾专门邀请陆文夫先生到嘉兴给文学爱好者讲课。有一次，嘉兴市文联的同志陪同陆文夫先生及其女儿到桐乡，去乌镇参观茅盾故居，我和县文化局的领导一同接待陆先生一行。当时乌镇没有多少地方可看，记得去茅盾故居、昭明太子读书处等古迹看了看。在茅盾故居，陆先生曾深情地回忆与茅公的关系，他一方面心存感激，一方面又诙谐地说，五六十年代，茅盾评论过的青年作家，一个个都过关并取得成功，而自己虽然受到沈公评论，但生不逢时，后来却因此遭受无尽的批判，没有得到荣耀。当时大家听了以后都深为叹息。

后来陆先生在茅盾故居题词时，写了"昔日有言道不得，今日有言无处道"两句，耐人寻味。走出茅盾故居，来到河西的昭明书室牌坊边上的弄堂口，走过一家小面店时，见有人在店里吃面条，陆先生走过去看了看，就走出来，一边走一边问陪在身边的女儿："你知道下面条的灶台边为什么挤着那么多吃客？"他女儿反问："为什么？"陆先生笑着说："这些吃面条的人花两元钱买碗面，不放心师傅会烧出一碗什么样的面，所以围着，不去坐着等而愿意站在灶台边看。"一番话说得大家都笑起来。

那次乌镇之行，陆先生还向我们介绍一些他在国外的见闻和感想，至今仍印在我脑海里。在说到科技发展时，陆先生说，今后的电视机可以挂在墙上了，当时人们怎么也想象不出来，电视机怎么可以挂在墙上呢？当今天我看到挂在墙上的电视机时，总要想起陆先生的那句话；当时他还说，他在看外国小说时，看到美国人喜欢说一句"只有穷到吃鸡肉"，他说，当时想了好长时间，在中国，鸡肉还是高档食品、营养食品，怎么可以说穷到吃鸡肉呢？后来他去了国外才体味到这句话。

我在桐乡工作时，陪过不少外地作家去乌镇，陪陆文夫先生，我深深地被他渊博的知识、深邃的见识和他那长者的人格魅力所吸引，也从那时起，我着手全面收集陆先生的作品，并建立"陆文夫研究"专题，研读陆文夫先生的所有文化散文和艺术创作理论，也开始写一些陆先生的作品评论。现在，他的作品整整齐齐地摆放在我的书橱里，收集厚厚的一大本有关陆先生近二十年来行踪介绍的剪报，让我所敬仰的陆文夫先生长久出现在我的读书学习过程中。从那时起，我就想在自己学习的基础上，等稍空闲时一点一点地再向他求教。后来几次见面，我都告诉他，我在力所能及的范围内哪怕有陆先生一句话的消息，都收集起来，他常常笑笑说，现在你恐怕没有时间。

20世纪90年代和本世纪初，我已在省电视台工作。有一次，陆先生在苏州有线台、广电局同志的陪同下，专程从苏州来杭州找我，说有线台要拍关于苏州的电视专题片，希望借我们浙江电视台的刘郎同志去当编导。因为有线台与我们联系不多，得知陆先生与我熟悉，便让陆先生出面与我们联系，陆先生的到来，令我们十分高兴，中午在单位边上新开的酒家宴请陆先生，大家谈得很开心，陆先生也高兴地喝了一些酒。席间，我与他说起乌镇之行的种种往事，他也非常高兴。他说，来杭州之前专门翻了那次在乌镇的照片，当时你穿军便装，还比现在瘦。我们在边说边聊中度过那个中午。我们留陆先生在杭州住几天，他说不了，任务完成了，立刻赶回了苏州。后来，刘郎同志不负众望，借调到苏州后，拍出了《苏园六记》这样的优秀专题片，陆先生还专门写文章给予赞赏，刘郎和陆先生也成了朋友。记得其间我还专门去苏州看望过刘郎他们，和陆先生在他女儿当经理的酒楼喝过酒，在那雅致的二楼包厢里，大家说得很高兴，我不会喝酒，摄制组里的同志有能喝酒的，但那次陆先生的酒也喝得不多。他给我说起他们这一代作家以及他所知道的茅盾那一代作家的往事。

电视专题片《苏园六记》的成功，让陆先生和苏州市的朋友十分高兴。刘郎同志对苏州的理解和感受也深得陆先生的认同。2001年2月，陆先生给我写来一封挂号的长信，说刘郎为有线台拍片很成功，另外苏州电视台坐不住了，也要拍一部关于苏州的片子，希望陆先生支持他们，让他给我写封信，借刘郎同志再去苏州拍片，并说市委同志也让他和我联系。我接信后二话没说，立即同意了，并让刘郎同志告诉陆先生。所以，这就有了另一个有关苏州的专题片《苏州水》的诞生。

后来，陆先生让刘郎同志回杭州时，送我一些新出的书，我也多次让刘郎同志转致问候和希望，希望陆先生来杭州小住几天。但这个希望一直在我的期待中，迟迟没有实现，至今，却成了我们永远无法弥补的缺憾！

听到陆文夫先生去世的噩耗时，我在国外访问，心里始终有一种忧伤笼罩着。尽管我们接触不多，但从他的作品中，从与他几次有数的交往里，深切感受到他的人格魅力，他的那份对祖国、对苏州、对生活的忠诚。可以说，他是一位历经坎坷矢志不渝的人，他是一位高尚而又伟大的作家，陆先生不仅是苏州的，也是中国的，是世界的。

（2005年）

映日荷花别样红

当苏州画院院长、著名画家沈威峰先生从北京寄来新作《映日荷花别样红》画作照片时，我反复观赏，爱不释手。画中透出来浓浓的江南水乡情趣和清新的意境，使我忍不住提笔写下对沈威峰先生及其画作的感想。

我认识沈威峰先生是在 2002 年的北京中央党校。那时，我在中央党校进修班学习，沈威峰先生应中央党校之邀，专门为中央党校作画，他的画室正好在我们进修班的楼内。开始，我没有在意，如今的画家太多，但课余没有地方可去，便去沈威峰的临时画室看他作画。不料，看过一次后，紧接着又去第二次，再后来，有空就进去看他绘画，看他画墨竹、画荷花，他画的全是江南景物，画里透出来的全是江南水乡的灵气和神韵。我为他笔下的画所吸引，为他横溢的才气所吸引，我们成了朋友。这时，我才知道，沈威峰在扬州长大，后来移居苏州，被聘为苏州画院院长。沈威峰先生自幼习画，十七岁就考进江苏省国画院学画，导师是叶矩吾。叶矩吾先生是张大千的入室弟子，教画的方法是注重基础，练书法，画枝干，让小小年纪的沈威峰打下了扎实的绘画功底。

我记得历史学家顾颉刚曾以历史学家的眼光说过一句让苏州人永远自豪的话：苏州是中国历史上状元出得最多的地方。这并不是苏州青年特别聪明，而是苏州的地方好。就是说，是苏州这一方水土养育了这些青年，当然，苏州人聪明也是一个原因。今天的沈威峰先生的绘画成就，在我看来，同样是苏州水土养育及他自身努力的结果。我离开中央党校回杭州之后，沈威峰先生曾来杭州看我，我们有过一次有关艺术的聊天儿，我这才知道，苏州奇巧的园林、幽远氤氲的小弄堂、小桥流水、参天古树乃至霏霏春雨，更适合他温润的性情，尤其那拙政园里的荷花，让沈威峰先生情有独钟、流连忘返。到处是水的苏州给沈威峰的灵感太多了。水苏州对沈威峰先生的性情、画的影响太深了。甚至，在我看来，读沈威峰的画，就感受到苏州湿润的气候，感受到苏州宜人宜物的温度，仿佛走进身临其境的水汽氤氲的苏州的清晨。杭州的那次聊天儿，我才知道浮躁的现实生活里，他除了绘画、书法外，就是读书，难得沈威峰先生在物欲横流的今天还能浸淫在绘画的艺术世界里。

于是，我在喜欢沈威峰先生书画作品的同时，更多了一种对他的人品的钦佩。他还年轻，刚过不惑之年，艺术成就已是如日中天。大师指导打下的基础和他自身的努力，让他在北京高规格的艺术窗口如鱼得水。为中央党校作画之后，他的足迹遍及钓鱼台国宾馆及一些部委要地，今春又应邀为人民大会堂作画。

沈威峰先生是用心来画的，他用二十多天时间，画出了这幅一丈八的《映日荷花别样红》，开始，北方气候干燥，一下笔，纸上的水迹不多久就干了，江南那种特有的水汽湿润表现不出来。据说他当时急得什么似的，后来，他沉下心来很快掌握了北方干燥气候下着墨的技巧，一下子柳暗花明，让他进入一个泼墨的自由王国。有时，他一提起画笔，仿佛就站在苏州的荷塘边，水灵灵的荷花轻轻地在他的笔下隐现出来，晨风水雾之中飘来阵阵荷花的幽香，连墨色的荷叶、枝干也那么湿润，光影、水墨、线条是那样自然，这自然当然来自沈威峰先生心中的自然。据说，在人民大会堂里，沈威峰画到入神时，在他身边的人都不忍心打搅他，待他收笔时，已是子夜时分。一位中央领导看了沈威峰的《映日荷花别样红》以后，称赞沈威峰画出了荷花的境界。神圣的人民大会堂，又将多一幅青年画家沈威峰用心画出来的精品力作！

可以说，《映日荷花别样红》是沈威峰先生近期的一幅代表作。沈威峰先生的花鸟画属于小写意，他的艺术成就已经得到过许多大师的赞许，季羡林先生尤其喜欢沈威峰的荷花，曾在沈威峰的一幅荷花图上题了"香远益清，出污泥而不染"。启功先生看了沈威峰先生的画，欣喜地题了"笔底心，纸上春，四时花鸟见精神；有传统，有创新，维扬画派见传人"。给予高度评价。诗坛泰斗、南京大学的程千帆先生赞赏他："笔墨格局皆有法度，写形巧似而神韵奕奕，足以发之，且时于精丽中见沈实，非时下以轻佻狂怪自炫者比余大异之，以为当世才流能与比肩者盖鲜。"并预言："则他日得如大千之所诣，抑或过之亦未可知也。"

　　用心来创造的美才是永恒的。辉煌的人民大会堂里的《映日荷花别样红》，又给沈威峰先生的艺术世界里添上绚烂的一笔。

（2005 年）

在秉承传统中相承和平

俗话说："十里不同风，百里不同俗。"各地的风俗习惯常常因地域的历史、文化不同而不同。但"过年"这个传统佳节，全国各地却大同小异，只不过在礼数方面各有特色。

作为历史、文化名城的杭州，过年习俗，在传统上除了祭祖、送灶、接灶、守岁等与各地相差无几外，听净慈钟声、去灵隐寺烧头香很有特色，而且沿袭已久。杭州大小寺庙里浑厚悠远的钟声，无论历史渊源还是吉祥寓意，最出名的当首推净慈寺的南屏晚钟。铜钟每敲一下，余音达两分钟之久，钟音袅袅，厚重动听。净慈寺始建于后周显德元年（公元954年），距今已有1000多年的历史。其钟声之所以"非同凡响"，据《西湖志》分析，是因"南屏山在净慈寺右，兴教寺之后，正对苏堤。寺钟初动，山谷皆应，逾时乃息，盖兹山隆起，内多空穴，湖面空旷，故传声悠远，响入云霄，致是发人深省也"。可惜在清朝末年，原来的铜钟在战乱中不知所踪，钟声沉寂近百年。

新的铜钟于1985年重建，高3米，口径2.3米，重达40吨。钟体内外镌有《大乘妙法莲花经》七卷及铭文共68000余字。铭文由赵朴初撰写，其文曰："相叩以义，相应以心，无情说法，眠处闻声；此岸彼岸，大鸣小鸣，千秋万世，相承和平。"每年除夕，成千上万的宗教界人士、旅游爱好者以及杭州老少市民，齐聚在净慈寺，谛听新年来临时的108响钟声，祈福国泰民安的和谐世界。

至于净慈寺铜钟为什么要撞108响，有两种解释：一是说108响代表一年中的十二个月、二十四节气，以及七十二候，取年年如意、岁岁平安、大吉大利的意思；另一说法是，人有108种烦恼，鸣钟108响，能为人们祛除一切烦恼、解脱一切痛苦，在来年一切吉祥如意。其实，究竟哪种说法最合理，对于人们无关紧要。因为净慈寺的除夕钟声，早已经从历史走向了现实。悠扬的钟声温暖世人心灵，感受人间情怀，警醒时光流逝，催人奋发不息。

杭州的寺庙之多，在全国省会城市中恐怕也是名列前茅吧？庙多香就盛，故而烧香祈福便成了杭州四季的一大景观。随着时间的推移，烧香的风俗又产生出许多规矩。比如，烧香要烧头香，越早越好。红学家俞平伯先生曾在一篇文章中谈到这一风俗。他说过，在进香者的心中，"香烧得早，便越恭敬，得福越多。这所谓'烧头香'，他们默认以下的方式：得福的多少与烧香的早晚正比例。得福不嫌多，故烧香不怕早"。正因为有这样的心理和习俗，大年初一到最大的寺庙——灵隐寺烧头香俨然已成每年伊始杭州的一大盛事。大年三十吃过年夜饭，人们就从四面八方赶往灵隐寺，等待新年的来临。几十年前，烧头香的人比现在少，寺庙尚允许人们在主殿内"宿山守岁"。而如今在灵隐寺一带除夕守岁的人不下一二十万，寺庙人满为患，自然无力接待了。新年的钟声一响，灵隐寺内外烛光满天，几十万人烧头香，汇成了灵隐寺景区的祈福洪流，使得社会公共管理部门不得不出动大量人力来维持秩序。不过，大年初一去灵隐寺烧头香，秩序一般都很好。灵隐寺内外人如潮水，尽管难免磕磕碰碰，但相互间总会报以体谅的一笑。因为在烧头香人的心里，都有共同的主题词：和平和谐。

杭州是六朝古都，过年的传统习俗林林总总，从腊月初八喝"腊八粥"开始，到正月十五举办元宵灯会，丰富多彩，可圈可点者甚多。这些在秉承传统中相承和平的春节民俗，实实在在应该发扬光大，让文化遗产在构建中国和谐社会中发挥更大的作用。

（2008 年）

西湖的新年畅想

元旦刚过，没想到春节这么快就来了。

都市里年味的氛围，首先是从媒体开始的。报纸上整版整版的热闹的民工返乡报道，电视里火车站涌动起来的春运高潮镜头，让久居城里的人的内心深处撩拨起丝丝缕缕的回家情愫。"回家""团圆"，几千年延续下来的种种中国特色的情结，一股脑儿地在中国的农历春节萌发起来，好比春天来了万物复苏一样，自然而然地抽出条条绿丝，和着这春的来临，年味也弥漫在神州处处。

其实，回家也好团圆也罢，只要在中国，到处都涌动着、弥漫着春节的喜庆气氛，无论在乡村还是城镇、都市，一样浓烈一样休闲，比如我现在居住的城市杭州，这些年，不仅变得干净、漂亮、整洁，而且变得年味更传统，更休闲，更文明了。在杭州过年，春节里的西湖别有一种情致，假如是晴天，阳光灿烂时，向湖边走去，或许可以看到偷偷冒出绿意的柳芽，随风摇动着的柳枝，倒映着岸边柳的湖水，以及波光里游弋的西湖游船，举眼看去，一派勃勃生机；假如是霏霏细雨——春节里西湖一般没有瓢泼大雨——"山色空蒙雨亦奇"，此时在一阵细声细语的微雨里，雨烟与烟雨迷蒙在一起。远处的玉皇山、南高峰、北高峰若隐若现，与湖面的水色构成一幅西湖山水画，无论你是在苏堤或是在平湖秋月，还是在湖畔的临湖茶室里，望见的，都是画家难以描绘的景色。当然，春节里西湖边的人们最向往的是雪景里的西湖，一场瑞雪过后西湖水平静似镜，没有一丝波纹，宁静得让人不敢大声说话，生怕说话的声浪冲破这西湖的宁静。西湖畔的樟树、杨柳上堆满了雪，临湖的保俶山披上银装，无论远观还是近看，都给人一种安详秀美的神态。苏堤上，白堤上，人们踩着咔嚓咔嚓的厚厚积雪，拿着数码相机，携家人、朋友，在西湖这几十平方公里的湖山里，度过这雪中惬意的时光。如果出现这样的雪景，不少外地朋友都愿意乘飞机来赏西湖。

西湖的晴天、雨天乃至雪天，确实各有其特色和魅力，而且在茅家埠一带——今天的人们称为新西湖的地方，视野开阔，山峦起伏，野趣盎然，倘徉其间，仿佛置身于山水画里，可以完全放松自己。

都市春节的年味与乡村有相同有不同，相同的是，当今的农村热闹，都市也热闹。杭州的西湖边不用说，清河坊、灵隐寺以及西湖边的茶馆里，都是让人热闹引人开心的地方。清河坊的传统商店、特色食品和小吃，让都市的小孩品味到一种传统，让年长者在品尝美食中回想起过去岁月的苦与甜，整条街上充满春节的气氛，一切都热气腾腾，一切都喜气洋洋。而灵隐寺的香火在农历正月初一达到高潮，祈求世界和谐和国泰民安是成千上万进香者的心愿，戊子年里的心愿新增了举国欢腾的申奥成功，灵隐寺山门内外人山人海的进香人成了中国杭州大年初一的壮丽景观。新春里的西湖边茶馆同样是春节时的好去处，亲朋好友相聚在西子湖畔，其乐融融。杯杯龙井绿茶，热气腾腾，清香四溢。杭州的茶室里，除了喝茶外，还有不少来自全国各地的干果和茶点，这一点，恐怕不大让人注意。其实，坐在临湖的茶室里，眺望着西湖那休闲的样子和神态，吃着来自全国各地的干果，让来杭州过年的外地亲朋好友也有一种"如归"的感觉，因为味觉常常让人回想起往事，也让人常常怀念逝去的美好时光。这也是杭州大大小小茶室的一个特色，这个特色与茶室里温馨的春节氛围形成一种浓浓的年味，漫溢在杭州茶室里。

其实，都市里的新年，还有不少丰富的活动，比如健身，各种各样健身房和多种多样的健身方式，让白领丽人们的春节过得充实而又多彩；还有，杭州是全国率先免费开放博物馆的地方，浙江博物馆等上百个大大小小的馆所，即使走马观花，相信在这种文化氛围里会增长不少见识。节日里去图书馆里坐坐，开卷有益，相信时间长了你会喜欢它的。

当然，动，各有各的动法，静，各有各的静法。我常常向外地朋友建议，在杭州游西湖时也可以去游山，不失为一举多得的休闲。阳光明媚的日子里，登玉皇山、吴山、保俶山、北高峰都可以俯瞰西湖全景。现代化的杭州和生态的西湖尽收眼底。远处的钱塘江从玉皇山南边蜿蜒而来，又拐弯而去，站在玉皇山上远眺近看，左看右看，看到的都是这些年杭州的发展。杭州是历史、文化名城，无论登山还是游湖，稍微留意一下，都会发现许多文化遗存：看过《岳飞传》的人都知道牛皋，他的墓就在保俶山麓的栖霞岭上；写过"要留清白在人间"诗句的于谦的于谦祠，就在西湖边的三台山上；其他还有数以百计的名人遗存，散落在湖边的山水之间。所以，在西湖边山水间徜徉就是在西湖文化遗存里徜徉，只要你走进西湖山水间，常常会有你意想不到的与名人遗存相会的机缘。

（2007 年）

后　记

　　这本《夜宿乌镇》里的几十篇随笔，是我几十年间工作之余所见、所闻、所思的一部分记录，是从已经发表的上百篇散文随笔中精选出来的。

　　全书分两辑。第一辑是国内去过的地方的文化随笔，是我以自己的视角写下的所见、所闻、所思，其中有访问台湾过程中与台湾老兵的偶遇，在言简意赅的对话里，一种浓浓的历史沧桑感尽在不言中，在我们中华民族 20 世纪的岁月里，有着太多的令人深思的纠葛，具体到一个老兵，就是一生的无奈、一生的思念和痛苦。台湾科技的普及和发展程度，在一个地方的自然科学博物馆里，让我们强烈地感受到了。一个地方的科技水平如何，其实可以看看这个地方对科技的普及如何，没有全民族的科技普及，全民族的科技水平是很难有所提高的，因为一个民族的科学素养是要靠潜移默化慢慢积累起来的。台中的自然科学博物馆，对我们这些平时缺少在科学氛围里生活的人来说，大开了眼界，印象自然十分深刻。台北"故宫博物院"里的藏品是当年从大陆运过去的，是中华文化瑰宝的一部分，无疑是非常珍贵的文物。每一个初到台北的人，都想一睹台北"故宫博物院"的藏品。其实，参观博物馆，最大的想法，就是希望看到文物原件，如果在博物馆里看到的是复制品，是高仿的东西，虽然形似逼真，毕竟是假冒的文物，看了等于不看，而且有受骗的感觉。当然这是我个人的态度，不是所有人都会有这样的想法。所以在台北"故宫博物院"看到这么多的真品，自然有许多感想。不过台湾毕竟是台湾，是我们中国不可分割的一部分。我选了这几篇作品，展示出一个初到台湾的媒体工作者的感受。

　　书中有关新疆、甘肃、海南、湖南等地的游记散文，都是从上个世纪90年代写的散文游记里面选出来的，这些散文里面所写的内容，是我初次抵达当地的见闻，因为是第一次，常常有些怦然心动，东北长白山的天池、新疆博格达峰下面的天池，初次见到时，真是让人激动不已。时间已经过去二十多年，但是当时的情景依然历历在目。当时正是盛夏，博格达峰上白雪皑皑，天池映衬着雪峰和蓝天，天池边上是大片大片的松树林、草地，让人心旷神怡。这是我第一次见到新疆博格达峰天池的情景，后来又去过新疆天池，却再也找不到这种感觉了。第一次见到长白山的天池时，同样有些惊心动魄，天池之上就是蓝天，上天池时一路奔波，上去以后，不少人是看不到天池的，因为天池在云里，云在天池里，一旦云开雾散，阳光灿烂，寒风凛冽，才能见到长白山天池的真容！我们是幸运的，千里奔波，只为这令人神往的天池。见到了，是一种天赐的缘分。

　　至于关于温州、海南、乌镇、石门、南浔等地的散文，也都是率性而为，常常是有感而写，有时，一个场景，一抹夕阳，一丛南天竹，一座房子，就让人浮想联翩，神思万里，有时激动，有时沉思无语，而落到纸上，依然是满满的思念。思念的还有平山，因为从平山出来的人，有为民族捐躯的英雄，有满门忠烈的栗家。还有对平山一往情深的志平先生。因此我虽只去过一次平山，却留下了深刻印象。

　　第二辑是时间的记忆，主要是回忆、怀念一些前辈和师友，他们的人格、风范使我在人生、学问之路上，切实感受到他们的温暖，所以用短文、随笔，表达后学的敬仰和怀念之情。总之，这本小书，是我从近百篇文章中选出来的一部分散文随笔，现在结集，为文艺的百花园里添些花花草草，增加些绿色。

　　需要说明的是，收录在这本书里面的文章，都是我当时的真实记录，只不过是我以一个人的视角，经历之后写下的所见所闻。虽然这本书的大量内容是写祖国大好河山的，但从当时写作到现在，时间已经过去十多年或者几十年，当时当地的情况已经发生了深刻而巨大的变化，今非昔比，让拙笨的笔赶不上飞速发展的形势，好在现在读者的兴趣已经多样化了，有喜欢新的，也有喜欢过往的，所以这些散文，或许在当年曾经去过那些地方的读者看来，能够唤起以前的审美记忆，如果果真如此，我的心愿足矣。

在我看来，一个作家的作品，文字的深浅自然重要，但是更重要的是，这些文字有没有真情实感，是不是真实的，只有真实的文字，才有力量，才能打动人。我虽然达不到这样的高度，但是心向往之。所以，期待读者指正。

《夜宿乌镇》和《雨中四重奏》《热海之夜》一样，经过美术编辑韩青和责任编辑刘学武的精心编校，成为现在图文并茂的模样。为了这三本小小的散文随笔集，编辑花的精力不比编一部大书少，开始是一大堆原始文稿，长长短短，前后时间跨度三十多年，内容虽然写国内外的大好河山，但是有粗有细，后来我与韩青精挑细选，又选择一些图片，最后成为现在这个规模。这中间，美术编辑韩青和责任编辑刘学武先生为这些稿子做了大量工作，花费大量心血，精心编校。其间，黄天奇社长多次关心支持，使得这三本小书能够顺利出版。在这里我真的要感谢海燕出版社的朋友们。